正仓院里的唐故事

扬之水 著

附观展日记

上海书画出版社

总目

- ·001· 开篇
- ·007· 壹
- ·037· 贰
- ·053· 叁
- ·065· 肆
- ·081· 伍
- ·109· 附:"宝粟钿金虫"

观展日记

- ·126· 二〇一二年
- ·144· 二〇一三年
- ·160· 二〇一四年
- ·178· 二〇一五年
- ·194· 二〇一六年
- ·210· 二〇一七年
- ·228· 二〇一九年

- ·253· 后记一
- ·257· 后记二

开篇

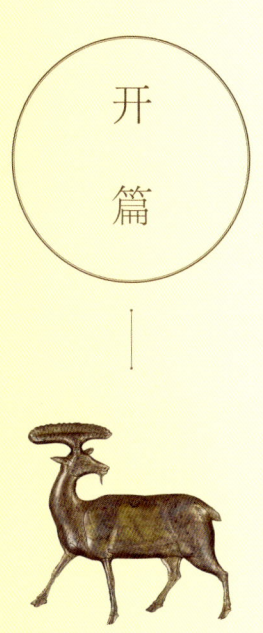

上世纪九十年代中叶，初从遇安师问学，谈到唐代，正仓院藏品便是经常的话题，老师的著述里也多次引用。我曾托朋友从东瀛先后购得傅芸子《正仓院考古记》和初版《东瀛珠光》，历年的正仓院展图录也靠友人帮助陆续配齐，又有以丛书形式印行的各种分类汇编，如乐器、漆器、金工、纺织、文样，等等。自家考校名物，正仓院藏品自然也援引不少，并且以此为证解决了若干问题，因此虽然不敢称言很熟悉，但至少可以说是不陌生。然而终究百闻不如一见，遂自二〇一二年起，与二三同志开始了一年一度的参观之旅。京城的银杏树黄了，京都的枫叶红了，便是与正仓院约会的花信，于是带着唐人故事走进正仓院。

正仓院展每年出示的藏品一般都是六十余件，其中总有一件是作为中心展品，常常会用作展览图录的封面以及参观券的图案。二〇一二年是正仓院展的第六十四回，展出器物六十四件，中心展品是非常著名的一件蓝琉璃杯，第六十五回则是香印座，第六十八回是漆胡瓶〈图1—1～3〉。中心展品往往单独陈列于一个展柜，展柜周围设护栏，观摩这一件展品，便需要另外排了长队方得以在它面前驻足片时。不过第七十一回比较特殊，作为日本新天皇即位纪念特别展而格外

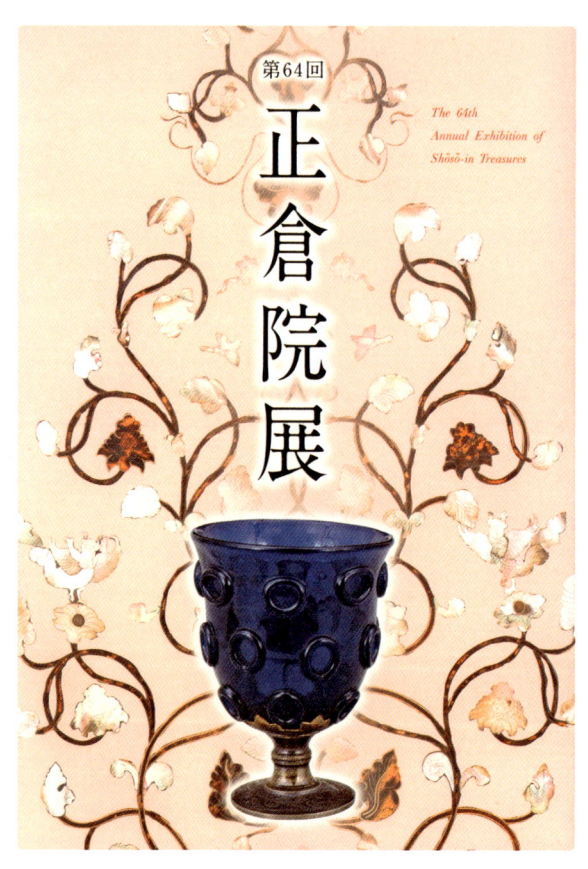

图1—1
蓝琉璃杯
正仓院展第六十四回

图 1—2
香印座
正仓院展第六十五回

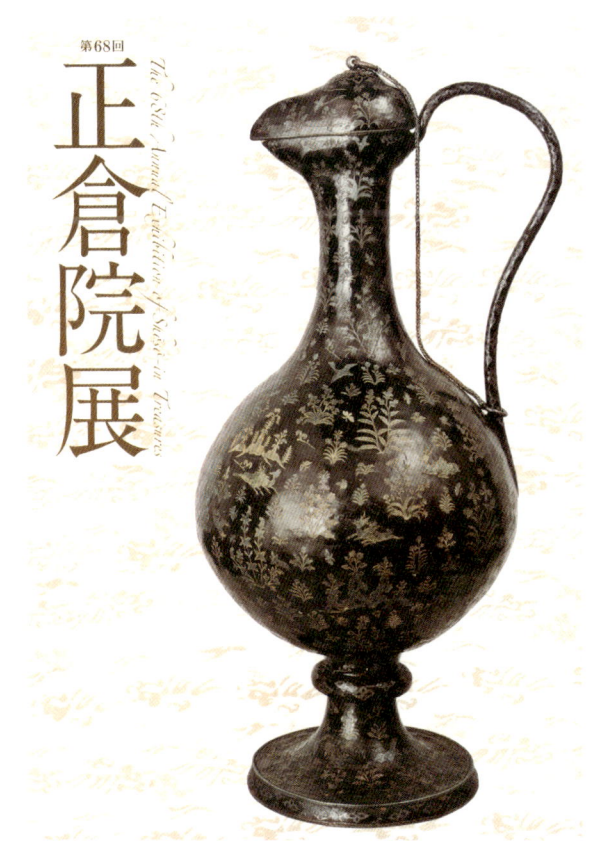

第68回 正倉院展 The 68th Annual Exhibition of Shōsō-in Treasures

图 1—3
漆胡瓶
正仓院展第六十八回

005

隆重,展场分别设在奈良国立博物馆和东京国立博物馆〈图1—4〉,后者又是分作一期和二期,两地和两期展陈器物共八十八件(奈良四十一,东京四十七)。

图 1—4
鸟毛仕女屏风
银金花三足盘
正仓院展第七十一回
入场券

壹

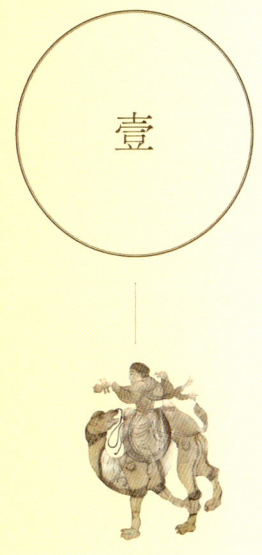

求嘉木于五岭，取殊材于九折。

剖文梓而纵分，割香檀而横裂。

若乃琢玉范金之巧，雕文镂采之奇，上覆手以悬映，下承弦而仰施。

帖则西域神兽，南山瑞枝，屈盘犀岭，回旋凤池。

———

唐虞世南《琵琶赋》

我们七次前往参观,获见物品凡四百六十二件(中有少量系重复展出)。名品如绿瑠璃多曲长杯〈图2—1〉,鸟毛仕女屏风〈图2—2〉,螺钿镜、盘龙镜、骑鹤仙人镜,红牙拨镂尺,等等,俱曾在展览中一睹真容。每一回里都少不了乐器,而乐器也正是正仓院藏品中的珍物。螺钿紫檀五弦,骑象鼓乐图捍拨螺钿枫苏芳染琵琶(有"东大寺"铭),狩猎纹捍拨木画紫檀琵琶,山水人物图捍拨木画紫檀琵琶,鸳鸟纹捍拨紫檀琵琶,螺钿紫檀琵琶,一共六面,其中螺钿紫檀五弦为北仓藏品,此外均藏南仓。而可称珍中之珍者,是藏于北仓的一面五弦〈图3〉。它在《东大寺献物帐》(《国家珍宝帐》)中留下的纪录是:"螺钿紫檀五絃一面,龟甲钿捍拨,纳紫绫袋浅绿縢缅里。"贴嵌在腹板当弦处的捍拨是一方玳瑁,便是《献物帐》所云"龟甲"。玳瑁上面用螺钿嵌饰芭蕉、鸿雁、鹦鹉和花草间骑在骆驼上弹琵琶的一个伎乐人。琵琶之背即所谓"槽",更是遍身螺钿填嵌出牵枝抱叶的花朵

图 2—1
绿琉璃多曲长杯
正仓院展第六十九回

图 2—2
鸟毛仕女屏风 局部
正仓院展第七十一回

图 3
螺钿紫檀五弦 正面
正仓院展第七十一回

流云和一对衔绶鹦鹉。且不说它的风华绝代之美，难得在于唐代五弦琵琶，这是存世唯一的一面。日人林谦三《东亚乐器考》(钱稻孙译) 说它"虽属千年古器，保存比较好，益以明治年间的修补，几乎恢复到完全的原形。通过这个，可以悉知唐制五弦的构造"。傅芸子《正仓院考古记》称它"为天壤间之瑰宝"。这一面五弦在各种图录里屡屡见到，但我们的历年参观，却都无缘和它相遇，直到第七十一回，方了夙愿。展厅里同时滚动播放五弦的复制品以及制作工序，可以见出，螺钿花心的彩色美石，原是先在美石的背面绘出花纹，然后镶嵌。这也是唐代工艺普遍的做法，近年唐墓出土实物中即有同样的例子。

螺钿紫檀五弦　背面

013

第六十四回展出的螺钿紫檀琵琶〈图4〉，它在《东大寺献物帐》中录作"螺钿紫檀琵琶一面，绿地画捍拨，纳紫绫袋浅绿䌷缅里"。不过腹板亦即琵琶正面的"绿地画捍拨"今已不存，它在明治时代曾因破损而修补。然而螺钿、玳瑁、琥珀镶嵌缠枝花叶的紫檀槽依旧光采奂若。玳瑁为蔓，螺钿嵌出花和叶，琥珀点缀于花蕾，两边的花心上各一个手捧果盘的迦陵频迦。螺钿细施毛雕：花叶各镌纹理，又或于叶心刻画鸳鸯。人面鸟身的迦陵频迦长羽如鸾，眉心花钿，两颊笑靥，面若宫娃。唐虞世南《琵琶赋》"求嘉木于五岭，取殊材于九折。剖文梓而纵分，割香檀而横裂"，"若乃琢玉范金之巧，雕文镂采之奇，上覆手以悬映，下承弦而仰施。帖则西域神兽，南山瑞枝，屈盘犀岭，回旋凤池"。出自良工之手的唐代琵琶，果然有如此风采。所谓"上覆手以悬映，下承弦而仰施"，是腹板亦即琵琶之面的装置，便是缚弦和捍拨。前面提到的螺钿枫苏芳染琵琶，捍拨是骑象鼓乐图，覆手用螺钿嵌出花叶、蝴蝶和飞鸟。第六十七回展出的山水人物图捍拨木画紫檀琵琶，所谓"山水人物"，也可

螺钿紫檀琵琶　局部

014　正仓院里的唐故事

图 4
螺钿紫檀琵琶
正仓院展第六十四回

图 5—1
山水人物图捍拨木画
紫檀槽琵琶 正面
正仓院展第六十七回

以名作观瀑图〈图5—1〉。所云"鸷鸟纹捍拨紫檀琵琶",当弦处张一方皮革捍拨,捍拨的"红蛮"地子上彩绘远山近水间俯冲而下的老鹰拏天鹅〈图5—2〉。演奏的时候琵琶腹板向外,唐代图像中琵琶表现的便多是这一面,因此常常在捍拨上布置图案,它自然也是诗人格外留心的细节。李贺《春怀引》:"蟾蜍碾玉挂明弓,捍拨装金打仙凤。"王建《宫词》:"红蛮捍拨帖胸前,移坐当头近御筵。用力独弹金殿响,凤凰飞出四条弦。"王建的好友张籍也有《宫词》(二首),其二句曰"黄金捍拨紫檀槽,弦索初张调更高"。可见捍拨虽原本为保护琵琶的拨弦处,却因妆点的美艳,使得琵琶竟意外生色。琵琶之外,装置捍拨的还有阮咸,阮咸拨面上的捍拨多依腹板之形造型近圆,其上也常绘制或妍丽或古雅的图画。

山水人物图捍拨木画
紫檀槽琵琶 背面

图 5—2
鸳鸟纹捍拨线描　　　　　　　　山水人物图捍拨线描

018　正仓院里的唐故事

第六十六回展出藏品中的一面桑木阮咸〈图6—1〉，花朵形的捍拨上面是一幅松下弈棋图〈图6—2〉。松林山石间，二老坐鹿皮荐相对弈棋，一老旁坐观战。傍树置投壶为游戏具，又一个胡瓶为饮酒具。看见它，很容易想到这一类不俗的绘事小品在宋代派上的新用场，即作为砚屏的嵌饰。南宋赵希鹄《洞天清禄·研屏辨》中说到，"屏之式止须连腔脚高尺一二寸许，阔尺五六寸许，方与盖小研相称"，"取名画极低小者嵌屏腔亦佳，但难得耳。古人但多留意作阮面大如小碗者，亦宜嵌背"。不论琵琶抑或阮咸，捍拨上的图画皆或出自名家，乃至御笔，宋徽宗《宣和宫词》："玉钩红绶挂琵琶，七宝轻明拨更嘉。捍面折枝新御画，打弦唯恐损珍花。"捍拨本为保护琵琶的拨弦处，却是因为贴了一幅御笔折枝花，而使得捍拨之珍竟逾于琵琶。宋室南渡，捍拨绘事也还有继踵者，并且风气播向民间。邓椿《画继》卷二道："士遵，光尧皇帝皇叔也，善山水，绍兴间一时妇女服饰及琵琶筝面，所作多以小景山水，实唱于士遵。"因此宋人用它来妆点案头清玩——比如此际尚算得新生事物的砚屏——正是合宜。唐之风流，遂成宋之风雅。

第六十四回与螺钿紫檀琵琶一起展陈的还有一个红牙拨镂拨〈图7〉，便是用来弹奏的拨子，它在《东大

图 6—1
桑木阮咸 正面
正仓院展第六十六回

图 6—2
桑木阮咸捍拨

图 7
红牙拨镂拨
正仓院展第六十四回

红牙拨镂拨 局部

寺献物帐》中也是与螺钿紫檀琵琶列在一处。拨子两面均满布纹饰。一面，手柄一端一对反向开张的荷叶，中间挺起一茎荷花，花心上依偎着一对鸳鸯。其上两束折枝花，折枝之间是左向斜飞的仙鹤与鸿雁，仙鹤口中衔瑞草。折枝花的上方，又是一只右向斜飞口衔幡胜的锦雉。拨子之端为花枝环绕中的一只麒麟，其下是顶着茸茸绿树的一带仙山。另一面，拨子之端为花枝上面的一只"万岁"之禽，上方一大一小两朵流云，下方是花枝和飞鸟。

北仓的金银平文琴久闻盛名，终于在第七十一回中得见真身，一次相见，看之未足，隔了一天，又再次前往，当然腹内题记终究无法看到。傅芸子说，"腹内并题'清琴作兮□日月，幽人间兮□□□。乙亥之年季春造'。……此琴所题之乙亥干支，最早恐即玄宗之开元二十三年（七三五），最晚亦当为德宗之贞元十一年（七九五）也"。

琴通长一一四点五厘米，琴背为东汉李尤《琴铭》：琴之在音，荡涤耶（邪）心。虽有正性，其感亦深。存雅却郑，浮侈是禁。条畅和正，乐而不淫。龙池两边一对龙，

金银平文琴　局部

凤沼两边一对凤。琴的面板之端一个方形装饰框，内为竹丛花树间抚琴、拨阮、饮酒，赤足而坐的隐逸之幽人。上方一带远山，几朵流云。中间席地设酒馔，果盘、酒樽、酒勺俱全。饮者左手扶酒坛，右手持角杯，其侧一具曲木抱腰式凭几。拨阮者背倚挟轼，面前一把执壶。抚琴者的坐具为鹿皮荐，身旁一个小小的书案，上有书帙卷裹起来的卷轴。中央高树垂绿萝，两边一对持节仙人踏着云朵。竹丛花树上有白鹇驻足 [1]，下方杂花遍布，孔雀起舞，长尾雉、鸳鸯、鸭子、小鸟、蝴蝶、蜻蜓纷然其间。装饰框外依琴式纵布横向的溪流，落花涟漪金光闪耀，傍水八人或抚琴，或展卷，或饮酒，而均有酒相伴，身边酒樽、酒瓮、盘盏、食案不一。青萝高树下的两人各坐鹿皮荐，各设酒樽与酒勺，一人

[1] 宋之问《放白鹇篇》"故人赠我绿绮琴，兼致白鹇鸟。琴是峄山桐，鸟出吴溪中。我心松石清霞里，弄此幽弦不能已。我心河海白云垂，怜此珍禽空自知"；"玉徽闭匣留为念，六翮开笼任尔飞"。诗中叙事恰有与此画面布置的巧合处。

抚琴，一人持角杯而饮，虽然此角杯是来通的仿制，但饮酒方式已不是胡风，即不是从底端泻酒。作为背景的水边芳甸以银箔作画，高高低低的丛花细草间飞着蜻蜓、蝴蝶、鸳鸯，还有口衔瑞草的仙鹤。如此一片丛艳漫衍至琴的各个侧面，于是有金狮、金鹿、金凤奔行其间，芳甸丽景遂成山林气象。金和银交错为文，因依映蔚，山水俊逸由是而光彩艳发〈图8〉。

金银平文琴是中土携来还是东瀛制作，是一个讨论了很久的问题，至今也还不能说尘埃落定。八十多年前高罗佩就发表意见说，"这张藏于正仓院的古琴，连同其他一些日本收藏的、制作年代可以追溯到唐代的古琴，无疑都是从中国舶来的，其真正用途并不是用来弹奏，而是作为古玩"。又推论它的时代，曰《西京杂记》道"赵后有宝琴曰凤凰，皆以金石隐起为龙凤古贤列女之象"，又嵇康《琴赋》言"华绘雕琢，布藻垂文。错以犀象，藉以翠绿。弦以园客之丝，徽以钟山之玉。爰有龙凤之象，

图 8
金银平文琴
正仓院展第七十一回

正面

背面

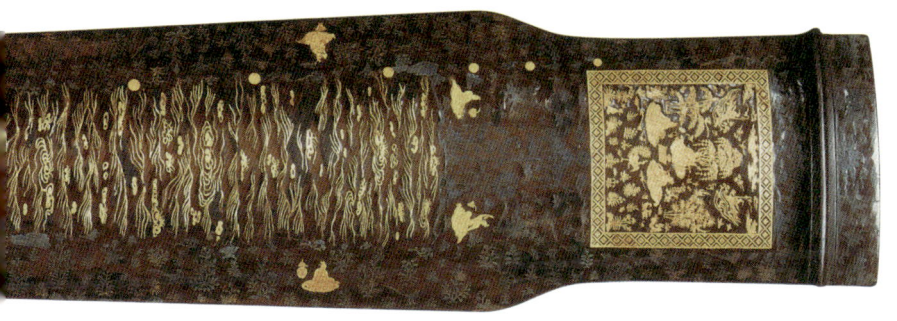

027

金银平文琴 局部

古人之形""那么这张藏于日本正仓院的古琴,可以说就是满足这些描述的例子:它有平文镶嵌装饰,有龙凤图饰,还有古代贤人像饰,因此我倾向于认为此琴是唐代以前制成的,或许应该属于六朝晚期的作品"[2]。上世纪八十年代,郑珉中从琴的形制、髹漆工艺以及铭款方式等方面分析这张琴,认为此非唐制[3]。只是作为

[2] 高罗佩《琴道》(宋慧文等译),页195,中西书局二〇一四年。
[3] 郑珉中《论日本正仓院金银平文琴:兼及我国的宝琴、素琴问题》,《故宫博物院院刊》一九八七年第四期。

金银平文琴　局部

对比的唐代遗存只有十几件，据此实在难以概括唐琴全貌，用来立论，证据未免显得薄弱了。

琴面图案中水边聚会的情形表现特征很明显，因此高罗佩早就指出这是兰亭故事图。但又认为装饰框里的图案是佛教故事，所以断定它制作于北魏。我以为就装饰纹样来说，一派唐风是没有疑义的。游仙、隐逸、祓禊，魏晋放旷避世与隋唐诗酒风流在此聚合在一起，有诗情，也有画意，两者似乎都渊源于魏晋南北朝，而又融合了当代创意。"翡翠戏兰苕，容色更相鲜。绿萝结高林，蒙笼盖一山。中有冥寂士，静啸抚清弦。放情凌霄外，嚼蕊挹飞泉。赤松林上游，驾鸿乘紫烟。左挹浮丘袖，右拍洪崖肩。借问蜉蝣辈，宁知龟鹤年。"此郭璞《游仙诗》之一也，而今存他创作的十四首（中有四首为残篇），正是很有代表性的一组。魏晋六朝诗赋里的意象久经发酵，诗情从唐代工匠手底流泻出来，传统的游仙诗意，琴图便得其泰半，不过已转换为隐逸。中国国家博物馆藏一面洛阳涧西唐墓出土螺钿镜,铜镜上方一棵树,细枝条上顶了硕大的花朵,树梢两朵大花之间贴了小小一轮明月,树两边对飞着小鸟、白鹇和鹦鹉。中间二人对坐,各个头戴莲花冠,一人拨阮,一人手持酒盏作聆听状,身下铺着鹿皮荐,面前一个三足酒樽,樽里插着酒勺。垂螺小鬟捧物立在身后。仙鹤在下方闻音起舞,两边一对鸳鸯和三只小鸟。铺地的各色碎螺钿今仅存花树间的星星点点,却可知原初是铺满了整个画面的留白处而莹莹闪光[4]〈图9〉。

金银平文琴琴面装饰框里的图案与它何其相似。如果把铜镜纹样名作高逸图或幽栖图,那么也同样可以用于琴图。水边景象如高罗佩所说是兰亭故事图或曰上巳禊饮图,而人物造型与诸般物事,竹林七贤图当是它取式的来源之一。琴图中的坐具,所绘均仿若鹿皮之类,与江苏地区四座南朝墓出土竹林七贤砖画[5]〈图10—1、2〉,又上海博物馆藏孙位《高逸图》中持麈尾者

---

[4] 墓中出土两合墓志铭,其一记入葬之年为乾元元年(七五八),其一记旧茔归葬之年为兴元元年(七八四)。河南省文化局文物工作队第二队《洛阳十六工区七十六号唐墓清理简报》,页44,《文物参考资料》一九五六年第五期。

[5] 南京博物院《试谈"竹林七贤及荣启期"砖印壁画问题》,页18~23,《文物》一九八〇年第二期;耿朔《层累的图像:拼砌砖画与南朝艺术》,人民美术出版社二〇二〇年。

图9
螺钿镜
洛阳涧西唐墓出土

地衣之上敷设的坐具相同。邓粲《晋纪》："嵇康曾锻于长林之下，钟会造焉。康坐以鹿皮，巍然正容，不与之酬对。"或即因此之故，鹿皮坐具成为这一题材的画作中始终延续的细节之一，亦为幽隐之境的标志，如白居易《秋池独泛》"一只短游艇，一张斑鹿皮。皮上有野叟，手中持酒卮"。辽耶律羽之墓出土七棱金杯〈图10—3〉、浙江义乌柳青乡游览亭村宋代窖藏中的金花银台盏盏心图案〈图10—4〉，也均未忽略这一小小的道具。作为来自正仓院宝物之故乡的参观者，与此名琴相遇，眼前不可避免出现的正是这一类"层累的图像"。至于此

031

图 10—1
砖画（嵇康）
南京西善桥南朝墓出土

图 10—2
砖画（阮咸）
南京西善桥南朝墓出土

琴是否合于弹奏,高罗佩所谓"其真正用途并不是用来弹奏,而是作为古玩",倒是很值得玩味。沈括论及越僧义海的琴技时说道,"海之艺不在于声,其意韵萧然,得于声外"。对琴来说,纵身大化与天地同流的萧然远韵,是比声更重要的内涵。此琴以意象丰盈与制作精好而完成了对琴之精神意蕴的塑造,是否合于弹奏[6],或者已落于第二义了。

琴、琵琶、阮咸之外,乐器中的名品如甘竹箫、尺八、横笛,也都在展览中看到。印象中,展陈雕石横笛和尺八的第六十七回,展厅里循环播放的音乐就很像是尺八演奏的古曲。

---

[6] 琴人杨致俭曰:根据我的现场观摩,这是一张完全符合演奏要求的古琴,且制作水平相当高超。第一,此琴的岳山上有曾经安装过琴弦并弹奏过的痕迹,亦即岳山上清楚现出琴弦的压痕,一弦、二弦、六弦,尤为明显,并和弦眼对应,这是非常精准的演奏用弦的位置。第二,当年琴轸旋转调弦所产生磨痕,千载之下,依然可见。此外,护轸的做法非常标准;琴面的前后弧度符合演奏要求;岳山与龙龈的造型都很合理;承露上的七个弦眼也做得非常好。尚有更重要的指标,便是琴面左右的"下凹弧度""低头"以及与"岳山"高度这三者的配合。换句话说,制作一张可以从容弹奏的好琴,需要一套解决琴弦和琴面高度关系的综合平衡方案,而金银平文琴恰恰全部做到了。

图 10—3
金錾花七棱錾耳杯
阿鲁科尔沁旗耶律羽
之墓出土

图 10—4
金花银台盏盏心图案
浙江义乌柳青乡游览
亭村窖藏

贰

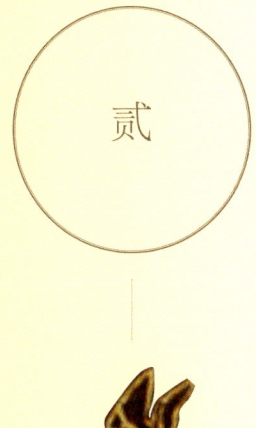

坐夏日偏长,知师在律堂。

多因束带热,更忆剃头凉。

苔色侵经架,松阴到簟床。

还应炼诗句,借卧石池傍。

项斯《寄坐夏僧》

展陈于第六十四回的"紫檀金银绘书几",是我关注已久的物事。初唐时候,印刷术尚未发明,书皆卷轴式,阅读则须双手卷持,自然不很方便。初唐四杰之一的杨炯有一篇《卧读书架赋》,略云:"伊国工而尝巧,度山林以为格。既有奉于诗书,固无违于枕席。朴斫初成,因夫美名。两足山立,双钩月生。从绳运斤,义且得于方正;量枘制凿,术仍取于纵横。功因期于学术(一作殖),业可究于经明。不劳于手,无费于目,开卷则气杂香芸,挂编则色连翠竹。风清夜浅,每待蘧蘧之觉;日永春深,常偶便便之腹。""其始也一木所为,其用也万卷可披。""风清夜浅,每待蘧蘧之觉",用《庄子》之典;"日永春深,常偶便便之腹",用后汉边孝先故事,都是切卧读之意。这篇赋文义并不深,难于解读的却是卧读书架的形制与式样究竟如何。所谓"其始也一木所为,其用也万卷可披",注释家或曰此句意为"书架只用少量木材

图 11—1
紫檀金银绘书几
正仓院第六十四回

制成,却可插放万卷图书"[1],未免更令人增加疑惑。那么且看这一个"紫檀金银绘书几":小小的方座上一根立柱,柱上一根横木,横木两端各有一个圆托,圆托里侧则为短柱,柱上两个可以启闭的小铜环。若展卷读书,便可启开铜环,放入卷轴〈图11〉。所谓"两足山立,双钩月生","不劳于手,无费于目,开卷则气杂香芸,

---

[1] 《杨炯集笺注》(祝尚书笺注),页72,中华书局二〇一六年。

图 11—2
紫檀金银绘书几使用
示意 复制品

挂编则色连翠竹",唐人赋咏之物究竟如何,见此而解。"挂编则色连翠竹",应该是指收起书卷,纳入竹编的书帙。第六十九回展览中,展出名品最胜王经帙的同时,又展出一件竹书帙(原用于收纳经卷),正教人见得真切〈图12〉。晋城博物馆藏一件青莲寺出土的北齐乾明元年昙始造像碑座[2],其中一侧榜题"波林罗"之下方是

---

[2] 承学友李丹婕相告,遂专程前往参观并拍照。

图 12
竹书帙
正仓院展第六十九回

坐在方榻上的僧人，右侧一个经架，式样与正仓院藏紫檀书架几乎无别〈图13〉。紫檀金银绘书几通高五十八厘米，用于"卧读"固然尺寸偏大，但卧读书架的形制与样式与此经架相仿应该是不错的。卧读书架的创意或者就是来自经架，经架也多在敦煌唐代壁画中构成叙事[3]，可见它的使用在这一时期之普及。项斯《寄坐夏僧》："坐夏日偏长，知师在律堂。多因束带热，更忆剃头凉。苔色侵经架，松阴到簟床。还应炼诗句，借卧石池傍。"释子读经与士子读书竟是一般况味。

《正仓院考古记》提到中仓所藏十七枝唐式笔，不仅可见古式，且"装潢之华丽，尤足惊人"。展览第六十七回里，我见到了其中装潢华丽的一枝〈图14〉。斑竹杆，两端分别套金箍，末端的象牙饰好似塔刹。忆及柯桥博物馆藏唐墓出土一枚被称作戒指的金箍，外膨如扁鼓，内径一点五厘米，外径两厘米，重二点九克。口沿内敛，缘边上下均打作连珠纹。两道弦纹内的装饰带以规整的鱼子纹为地，其上打制四个飞奔的有翼兽：虎、豹、狮子、鹿，鹿身錾出梅花。虽体量很小，却制作甚精。以正仓院藏品为比照，或可推知它是这一类物

---

[3] 郭俊叶《敦煌壁画中的经架：兼议莫高窟第156窟前室室顶南侧壁画题材》，页70-74，《文物》二〇一一年第十期。

图 13
北齐乾明元年昙始造像碑座
晋城青莲寺出土

044　正仓院里的唐故事

图 14
斑竹笔
正仓院展第六十七回

品的装饰件。

笔之难得固不待言,不过更令人关注的是与笔同在而尤其不易保存的笔罩亦即笔筒。宋无名氏《致虚杂俎》中说道"(王)献之有斑竹笔筒名裘钟","裘钟"似乎很难与笔筒相联系,然而有此实物,这里的意思涣然得解。"裘",此指毛笔,"钟"是形容笔筒的造型。后世或名斗篷曰"一口钟",也是形容它上锐下阔之状。至于陈放在桌案用于置笔的笔筒,是在高坐具普遍使用的时候才广为流行,早期言"笔筒",均指笔罩或曰笔帽。

北仓藏品中,有两枚中土传入的唐代人胜残件,人日风物,这是稀见的实物遗存,傅芸子《正仓院考古记》"北仓上"一节记所见"人胜残阙杂张"云,"据齐衡

045

三年（八五六）《杂财物实录》称：'人胜二枚，一枚有金薄字十六，一枚押彩绘形等，缘边有金薄裁物，纳斑蕳箱一合，天平宝字元年（七五七）润八月二十四日献物。'今品则以二残片粘合为一者。一片系于浅碧罗之上，粘有金箔剪成十六字云'令节佳辰，福庆惟新，变（当为變字之讹）和万载，寿保千春'。《杂财物实录》所称有金箔字者即此，今金箔诸字已变黝黑，罗色亦暗矣。又一片较大，约四分之三粘于其下，边缘图案以金箔剪成，上粘红绿罗之花叶，缘内左下端有彩绘剪成之竹林，一小儿戏犬其下。金箔边缘及彩绘人物，色彩如新，惟犬形已残耳，此当即《实录》后称之物。考人胜为用有二，一以金箔镂成，人日贴于屏风；一剪彩为之，戴于头鬓。今观正仓院所存残片，可知乃屏风贴用之物"[4]。正仓院展第六十六回中适有此物〈图15〉，因得以仔细观摩。人胜残件之一，是贴了十六字吉语的一枚绿罗，吉语字上面的金箔虽已全部脱落，但在展柜的灯光下，仍可见黑字上面泛出几点细细的金光。《荆楚岁时记》曰人日"翦綵为人，或镂金簿为人以贴屏风，亦戴之头鬓。又造华胜以相遗"，隋杜公瞻注云："人入新年，形容改从新也。"吉语中的"令

[4] 《正仓院考古记》，页46，文求堂一九四一年。

图 15
人胜残件
正仓院藏

节佳辰，福庆惟新"，正是"人入新年，形容改从新"之意。另一枚人胜残件，却是各样剪䌽花分层粘贴在一尺见方的橘红色绢帛上。缘边图案下边的一层剪作红花和绿叶，上面一重，是粘覆金箔的楮纸剪作图案，镂空的花和叶正与下面的红花绿叶相套合。剪纸的四角，各一个连珠纹缘边的方胜或曰叠胜，残存的两朵红花，便是叠胜的内心。两枚人胜的制作，都是剪䌽与镂金共用，所谓"镂金簿"，此"金薄裁物"即是；"为人"，乃为小儿。新疆吐鲁番阿斯塔那——哈拉和卓时属盛唐至中唐的墓葬出土剪纸人胜[5]，可与它互看。用作随葬，大约有祈福之意。不过《荆楚岁时记》中说到的"华胜"，似与此式样不同。隋唐以前，胜的造型乃中圆如鼓，上下各有一个梯形与圆鼓相对。山东嘉祥武氏祠画像石的祥瑞图中有此物，两胜之间以横杖相连。唐代铜镜中也还有类似的图像，如许昌博物馆藏一面祥瑞图十二生肖镜，祥瑞之一便是"金胜"，与榜题相应的金胜图像即为古式〈图16〉。此镜的时代约当初唐。金胜作为祥瑞，也当是来自古义，《宋书》卷二十九《符瑞下》曰："金胜，国平盗贼，四夷宾服，则出。"唐代作为人日风物的

---

[5] 新疆维吾尔自治区博物馆《吐鲁番阿斯塔那——哈拉和卓古墓群发掘简报》，页11，《文物》一九七三年第十期。

人胜却是取了别一种样式，即如正仓院藏人胜残件。当然它不是孤证，却是因为伴随着与人日风俗相合的吉祥语而意义最为明确。由此发现，唐代广为流行的所谓"菱形"图案，原来就是来自人胜，当名作方胜。方胜相叠，可称叠胜，但方胜也不妨作为通名。河北定州静志寺塔地宫出土一枚金花银片，悬坠于银钩的方形银片边长九厘米，造型以及镂空的地纹均与正仓院藏人胜布置于四角的叠胜相同，两个方胜交错相叠的四个角，对称安排"春鸡"和"春燕"各一对，方胜中心一只牛，乃——与新春里的节物相合〈图17〉，此即唐代的人胜。它也常常用于铜镜，书写"千秋"吉语，并且不以用于"圣节"的千秋镜为限。方胜又成为唐代图案中的一个基本元素，每以各种方式组织到不同的纹样中，如边饰，如花心。而缀璎珞、垂流苏成为幡胜，也都是常用的构图方式〈图18—1〉。第六十四回展品中有

图16
唐祥瑞图十二生肖镜
局部
许昌博物馆藏

049

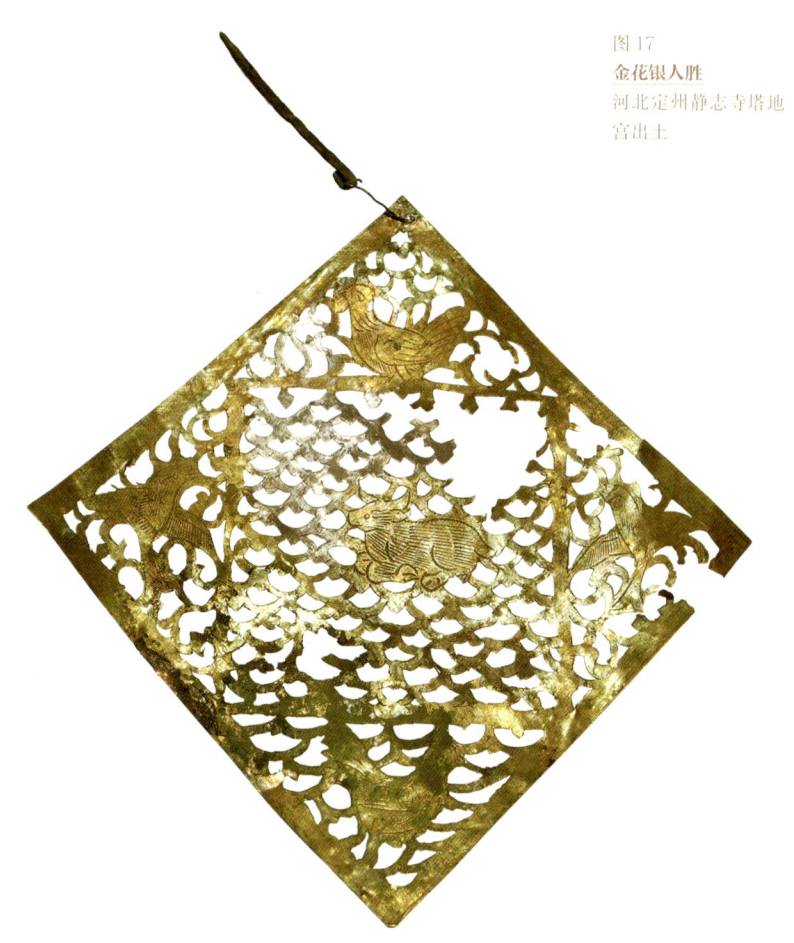

图 17
金花银人胜
河北定州静志寺塔地宫出土

图 18—1
唐鹦鹉衔幡胜镜
出自黑石号沉船

图 18—2
黄地花文夹缬𫄧
正仓院展第六十四回

一件黄地花文夹缬𫄧，纹样可视作花的套叠，也可视作胜的套叠（图18—2）。由此想到方胜和叠胜设计构思的来源之一，或是建筑中流行的斗四藻井。若进一步延伸，则宝相花的基本构图也是若干花朵叠相斜向交错，以此不断伸展，蔚作花光五色。而正是这些大体同源的意匠，形成装饰领域里丰美富丽的唐风。

叁

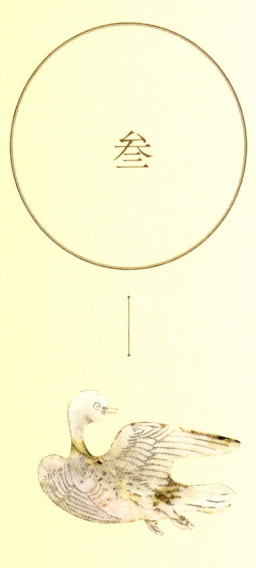

饰带以纹绣，装匣以琼瑛。

——

刘禹锡《昏镜词》

正仓院藏数面唐镜，自然分外引人注目，北仓的白铜花鸟背圆镜、平螺钿背圆镜、平螺钿背八角镜〈图19〉、山水花虫背圆镜、骑鹤仙人镜等名品，在七年的展览中都曾分别看到。螺钿镜国内考古发现中也有数面〈图20〉，只因埋藏日久，保存状态不及传世品。不过正仓院藏螺钿镜也有在江户年代曾经修复者。

教人更感兴趣的是镜匣，而多数镜匣是与镜子配套的，正同于正仓院的其他藏品，诸如木画紫檀双六局与篷簾双六局龛、鹿草木夹缬屏风与屏风袋、革带并柳箱、柿柄麈尾并麈尾箱〈图21〉，等等，它大体接近"物"之递送的原初状态，即有细致的内外包装乃至大小构件及锁钥，一如随同物品一起递送的礼单上的记述，这也正是正仓院藏品的重要价值之一。银平脱菱花镜匣，是第六十四回里的展品〈图22〉。镜匣式如八出花，盖面图案也以八出朵花为组合纹样的基本元素，自小而大以及大小相间向外层层伸展，每个花瓣里又都细

图 19—1
平螺钿背圆镜
正仓院展第七十一回

图 19—2
平螺钿背八角镜
正仓院展第七十一回

图 20
花鸟螺钿镜
西安理工大学新校区
唐李倕墓出土

图 21
麈尾匣与麈尾
正仓院展第六十七回

059

图 22
银平脱菱花镜匣
正仓院展第六十四回

细密密旋出花叶,是宝妆花瓣合成的宝相团花。缘边一周团花的花心各一只凤凰,凤尾高举,成一柔美的弯弧,轻翘右足,回首顾盼,衔住张开的翅膀尖。刘禹锡《昏镜词》"饰带以纹绣,装匣以琼瑛",所云为嵌宝镜匣,不过这一个银平脱镜匣却是以冷色秀出鲜花著锦的效果,即便当年银光闪烁之际,大约也是月下看花一般。而把镜匣纹样与镜匣造型一体考虑,并且安排得很自然,也是它设计上的优胜之处。展览图录的器物说明特别拈出洛阳北郊唐颍川陈氏墓出土银平脱漆盒〈图23—1〉,又西安南郊何家村唐代窖藏中的鎏金石榴花银盒同它比较〈图23—2〉,不过三者只是风格相近,细节处理多有不同。镜匣上的锁钥是唐代流行样式〈图24〉,东汉应劭《风俗通义》云:"钥施悬鱼,〔鱼〕翳伏渊源〔深渊〕,欲令楗闭如此。"锁钥因此每每做成鱼的式样,李商隐所以作绮语曰"牢合金鱼锁桂丛"。包装的讲求,是先秦以来至明清始终延续的做法,《韩非子》所以有"买椟还珠"的寓言。这一件镜匣内里未置铜镜,却以它的工艺制作精好而教人喜爱,便正如同遥遥呼应这一个古老的寓言。

图 23—1
银平脱漆盒残片
洛阳唐颖川陈氏墓
出土

图 23—2
银鎏金石榴花纹盒盖面
西安南郊何家村窖藏

图 24—1
锁钥
西安唐李倕墓出土

图 24—2
鎏金银锁
西安南郊何家村窖藏

肆

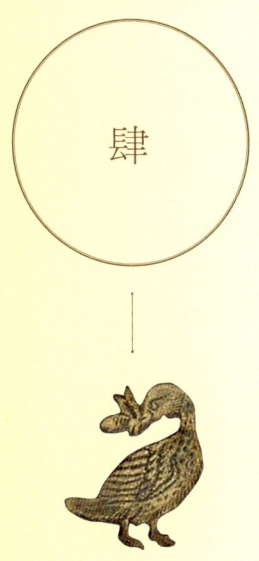

乍惊物色从诗出，更想工人下手难。

——

张籍《答白杭州郡楼登望画图见寄》

图 25
漆胡瓶 局部
正仓院展第六十八回

第六十八回推介的重要展品是藏于北仓一件银平脱漆胡瓶,并且它在第七十一回中又再次露面。瓶高近半米,形体颇巨。《东大寺献物帐》记载为"漆胡瓶一口,银平脱花鸟形银细镙连系鸟头盖,受三升半"。当然很赞同尚刚的意见,即"瓶身上的鸟兽花草装饰虽然制作精细,效果也很华丽,但构图琐碎散漫,艺术上并不成功"⟨1⟩。不过驻足展柜细细观赏的时候,看到花叶丛中一只扭着脖子的小鸭嘴里衔了一个蝴蝶,且略带一分峻利的神情〈图25〉,细节的生动仍不免教人心生欢喜。王建《戴胜词》"紫冠采采褐羽斑,衔得蜻蜓飞过屋"。设计者以及制作者与诗人观察物象的心思大约是相通的,正不妨借用张籍的诗句对此作体贴语——"乍惊物色从诗出,更想工人下手难"⟨2⟩。

金银平脱,即金箔或银箔缕切为各式花片粘在所

⟨1⟩ 《隋唐五代工艺美术史》,人民美术出版社二〇〇五年。
⟨2⟩ 《答白杭州郡楼登望画图见寄》,"色",一作象;"手",一作笔。

图 26
鸿雁纹金饰片
西安市东郊韩森寨出土

饰器物的表面，上漆若干道，至漆地与之齐平，然后细磨，使花片露出。唐代的金银平脱，用作贴饰的做成各式花鸟纹样的金银片，便都是所谓"镂鍱"之属，如唐惠陵亦即李宪夫妇合葬墓出土漆器上面脱落的各种银饰片 [3]。西安市东郊韩森寨出土鸿雁衔绶金饰片〈图 26〉，长六点二、宽二点七厘米，大约也是金银平脱器上的饰件。出自西安市南郊曲江池乡的银平脱双鹿纹漆盒，是比较简单的一种〈图 27〉。前举洛阳北郊唐颍川陈氏墓出土银平脱漆盒则格外繁丽，虽挤压变形，但盒盖内外、盒内底以及外壁四面的七幅图案尚大体保存 [4]。柔条萦回的缠枝花卉，对舞的凤凰，双飞的鹦鹉，纤丽精细的线条挥洒出鸟语花香，创造它的不是笔墨，

[3] 陕西省考古研究所《唐李宪墓发掘报告》，页 112，彩版九：1～5，科学出版社二〇〇五年。
[4] 洛阳市文物工作队《洛阳北郊唐颍川陈氏墓发掘简报》，《文物》一九九九年第二期。

068　正仓院里的唐故事

图 27
银平脱双鹿纹漆盒
西安市南郊曲江池乡出土

不是针线,却是坚硬的锤錾 [5]。

漆器的金银平脱移用于青铜,便是金银平脱镜。与金银平脱器大体相同:金片银片制成纹样粘贴于镜背,然后反复髹漆直至盖没纹样,复待漆干至适宜的程度,再反复研磨,至纹样现出而与镜背浑然一体。正仓院藏金银平脱背八角镜,径二八点五厘米,"东大寺献物帐"载录为:"八角镜一面,重大四斤二两,径九寸六分 漆背金银平脱 绯絁带 柒皮箱 绯绫嚩盛。"镜钮为一小朵宝相花,四外放射一周缠枝卷草,以是组成一朵更大的宝相花。花外飞旋着口衔金色瑞草的四只仙鹤,仙鹤之间飞着金的鸳鸯与银的鸿雁,又金的蝴蝶与银的小鸟。外区四只顶着金花的凤凰,凤凰之间,散布金色的瑞草

---

[5] 制作金箔的工具甚至很沉重,《天工开物》卷中《五金》之"黄金"一节说造金箔法,"凡造金箔,既成薄片后,包入乌金纸内,竭力挥椎打成",其下自注:"打金椎,短柄,约重八斤。"虽是明代情形,但这一传统工艺变化很小。

和银色的折枝花,枝子上生着摺扇一般的叶片,又有探出的花蕾,枝子顶端一朵半开的花苞沿着金边[6]〈图28〉。风物夭秀,工致慧巧,只是纹样稍嫌细碎。同类唐镜,当以西安市东郊韩森寨出土的一面金银平脱镜为佳胜。圆钮外一周银莲叶和银莲花,莲花顶着莲蓬,莲叶翻卷的背面细錾叶脉,此外镂空,以见叶之向背。其外是四只口衔垂花璎珞以翱以翔的金仙鹤,间以花叶镂空的银折枝。银辉闪烁,金光灿然,交相映发为水边天际的一片生机。直径二二点七厘米〈图29〉。

二〇一九年东京国立博物馆的特展题作"正仓院的世界",其中一个单元是"名香的世界"。沉水香、白檀香、名香兰奢待(黄熟香)之外,更有不少香具。中仓白石火舍一具,高二二点六、径四〇厘米,下端五足,做成人立般的五个铜狮子,踣脚矫首,勉力托举炉身,狮子之间各缀套接起来的两个铜环〈图30〉。此即大理石香炉,是唐代香炉的典型样式之一,如陕西

---

[6] 据展品说明,此镜宽喜二年(一二三〇)被盗而破损,明治二十七年(一八九三)修补。

图 28
金银平脱八角镜
正仓院展第五十一回

图 29
金银平脱镜
西安东郊韩森寨出土

图 30
白石火舍
正仓院展第七十一回

临潼庆山寺塔地宫出土兽面衔环六足铜炉〈7〉〈图31—1〉。此式香炉的极品,自然首推陕西扶风法门寺地宫出土银金花朵带环子五足炉〈图31—2〉。它也多见于佛前供养,如四川广元观音岩唐代石窟造像〈图31—3〉。展场中又有称作"黄铜合子"的香盒〈图32〉,也是佛前供养具,唐代或称它为香宝子。喇叭形高足,半球状的器身和器盖,盖顶中央或为宝珠或为相轮式钮,敦煌壁画中多见。它也或与鹊尾柄香炉连做〈图33〉。

众工会聚的紫檀金钿狮子镇鹊尾柄香炉,在七十一回中展出。它以金钿工艺妆点出炉身的美轮美奂,炉柄末端衔环狮子为镇之外,炉盘用作提钮的小

〈7〉 口径一三点二、高一三厘米,出土时炉内积满香灰和木炭,地宫年代为开元二十九年(七四一)。浙江省博物馆、西安市临潼区博物馆《佛影湛然:西安临潼唐代造像七宝》(系同名展览图录),页 202,中国书店二〇一九。

图 31—1
兽面衔环六足铜炉
临潼庆山寺塔地宫出土

图 31—2
银金花朵带环子五足炉
法门寺地宫出土

图 31—3
五足炉
四川广元观音岩唐代石窟

图 32
黄铜合子
正仓院展第七十一回

图 33
四川广元第二八号大佛窟

图 34
紫檀金钿狮子镇鹊尾柄香炉
正仓院展第七十一回

狮子做成转首回望的样子,狮子回首处,是顶着莲蓬的一对莲花〈图 34〉。鹊尾柄香炉的远源在异域[8]。南北朝时它多见于中原地区的石窟寺及北朝造像碑,最早的一例目前所知见于甘肃永靖炳灵寺石窟第一六九窟十六国时期的西秦壁画〈图 35—1〉。南朝作品中也偶见此器,如江苏丹阳胡桥宝山吴家村南朝墓出土的一方羽人戏龙画像砖,羽人手中所持即鹊尾柄香炉,当然这是属于道教艺术中借用的一例。唐代或名此类

[8] 林梅村等《鹊尾炉源流考——从犍陀罗到黄河、长江》,《文物》二〇一七年第十期。

076　正仓院里的唐故事

紫檀金钿狮子镇鹊尾
柄香炉　局部

图 35—1
炳灵寺石窟第一六九
窟西秦壁画

图 35—2
"咸通十三年文思院造
银白成手炉"
法门寺地宫出土

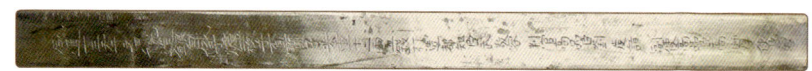

"咸通十三年文思院造
银白成手炉"铭

图 35—3
唐狮子镇柄香炉
洛阳龙门神会墓出土

香炉为"手炉"[9]〈图35—2〉。为了炉身和炉柄的平衡且宜于放置，鹊尾式柄又或向下弯折，而在与炉座平行的弯折处加一个狮子镇，出土铜香宝子的洛阳龙门神会和尚身塔，同出即有狮子镇鹊尾柄铜香炉〈图35—3〉。不同材质的唐代鹊尾炉传世与出土都有不少，但毫无疑问，正仓院的这一柄乃艳冠群芳。

《正仓院考古记》详细记述了正仓院藏品中的一件墨绘散乐图弹弓〈图36—1〉，另一件漆弹弓，则曰"普通品，无可记"。这一件"普通品"，我在第六十五回展览中相遇，却也别有收获。王建《宫词》"裹头宫监当前立，手把牙鞘竹弹弓"，自是此物。唐苏涣《变律》之一句云"长安大道旁，挟弹谁家儿。右手持金丸，引满无所疑。一中纷下来，势若风雨随"，是弹弓的使用情景，虽然诗乃别有所讽。漆弹弓的特别之处，在于弓弦中部设一个椭圆形兜碗以置弹丸〈图36—2〉。今天常见的都是清代以来有此装置的双弦弹弓，此单弦为早期样式[10]。

---

[9] 如陕西扶风法门寺地宫出土一柄素面银炉，柄下铭文有云"咸通十三年文思院造银白成手炉一枚……"
[10] 据展品说明，江户时代曾依原样修复。

图 36—1
漆弹弓 局部

图 36—2
漆弹弓
正仓院展第六十五回

080　正仓院里的唐故事

青树骊山头，花风满秦道。

宫台光错落，装画遍峰峤。

——

李贺《春归昌谷》

正仓院藏品中有不少是以"木画"工艺为装饰。木画紫檀琵琶、木画紫檀挟轼、木画紫檀双六局，参观中都曾近距离观察。木画工艺见于记载者不多，《西京杂记》卷一曰赵飞燕之妹居昭阳殿，"中设木画屏风，文如蜘蛛丝缕"。《唐六典》卷二十二说到每年二月二日中尚署"进镂牙尺及木画紫檀尺"（《少府监·中尚署》）。它流行于唐代，具体做法则见于宋人庄绰《鸡肋编》卷上，道是"处州龙泉县多佳树，地名豫章，以木而著也。山中尤多古枫木，其根破之，文若花锦。人多取为几案盘器，又杂以他木，陷作禽鸟花草，色像如画，他处所未见"。这里的"陷"，当指嵌错，所谓"杂以他木，陷作禽鸟花草，色像如画"，便是唐代的木画，而作者却说"他处所未见"，可知已不是宋代风气。木画的原意当是指不同品种的木材错彩为画，不过正仓院藏品中称作"木画"者，除了"杂以他木，陷作禽鸟花草"，又每每更嵌以象牙、玳瑁、鹿角等奇珍。李贺《春归昌谷》"青树骊山头,花风满秦道。宫台光错落,装画遍峰峤",意谓骊山上下宫殿台榭光彩错落于峰峤之间,竟如同装画一般。这是用当日流行的工艺来拟喻眼中的景色。那么装画,似乎就是包括木画在内,以不同的材质为颜料"写绘"图画。唐人又或称此为"帖",如王绩《围棋》"彫盘蜃胫饰,帖局象牙缘",前引虞世南《琵琶赋》也道"帖则西域神兽"。第六十四回展出北仓的木画紫檀双六局,《东大寺献物帐》记载道:"木画紫檀双六局一具 牙床脚 纳柴缘籧篨笼笼里悉柒。"小字注中的"柒",当是漆。籧篨原谓竹席,这里的籧篨笼,指藤箱。双六局的壶门座,当日名作牙床脚。双六局面板上下各边以及牙床脚的各边都缘以象牙条。牙床脚之表以不同材质自然也是不同颜色的木与象牙、兽角等"画"作缠枝花草和飞舞其间的鸿雁、戴胜、鸟雀〈图37〉。所谓"彫盘蜃胫饰,帖局象牙缘",此即是也。吐鲁番市阿斯塔那二○六号墓出土一件木双陆局[1],盘面以骨片、绿松石等嵌饰花鸟,也是采用木画工艺〈图38〉。同为北仓藏品的一具木画紫檀棋局,棋局上盘下座连为一体,棋盘表面嵌以纵横十九道象牙罫线,又木画花眼十七枚,对局的两侧各设一个

---

[1] 中国历史博物馆等《天山·古道·东西风:新疆丝绸之路文物特辑》,页203,中国社会科学出版社二○○二年。

图 37
木画紫檀双六局
正仓院展第六十四回

图 38
木双陆局
吐鲁番阿斯塔那
二〇六号墓出土

图 39
木画紫檀棋局
正仓院展第三十四回

带金环的抽屉,抽屉内有木雕龟盒各一枚,盒内容棋子。抽屉之下便是上沿作出花牙子、下有托泥的壸门座〈图39〉。《东大寺献物帐》登录此物,于它的构造形容备细,曰:"木画紫檀棋局一具。牙界花形眼,牙床脚,局两边着环,局内藏纳棊子龟形器,纳金银龟甲龛。"

床座承物在隋唐五代乃至辽宋都是普遍的风气,此即后世称作"礼物案"者。虽然这一名称见于文献差不多要到元代,但用作置放朝觐者礼物贡献的器具,至少在唐代已经使用很普遍。正仓院藏品中大大小小造型各异的"献物台",都是承物的床座,与唐代置物之床的用途约略相当,在敦煌莫高窟唐代壁画中可以看

图 40—1
莫高窟第九窟主室
北披壁画

图 40—2
莫高窟第一四八窟
东壁壁画

到它的使用情况〈图 40〉。

正仓院中仓各式名曰"献物几"和"献物箱"的木器，原初多为东大寺承托供奉之物的器具。尺寸都不大，而造型别致，妆点精细，纹样或彩绘，或金银泥绘，献物几则每配以锦褥，其中若干件为花式面板而下连牙床脚的木几。如粉地木理绘长方几、粉地金银绘八角长几、金银绘长花几〈图 41—1～3〉。一件"苏芳地六角几"下连牙床脚，长径五十二厘米，高十二点三厘米，桧木面板和托泥用苏芳染作暗红色，牙脚则以彩绘和贴金箔的方式作成玳瑁纹，面板的侧缘装了六个小银环〈图 41—4〉。面板上面有残存的墨书，即"（七茎）金铜花（座）

087

图 41—1
粉地木理绘长方几
正仓院展第六十六回

图 41—2
粉地金银绘八角长几
正仓院展第六十八回

图 41—3
金银绘长花几
正仓院展第六十六回

图 41—4
桧木苏芳地六角几
正仓院展第四十六回

图 42
青斑石砚
正仓院展第三十八回

（天平胜宝四）年四月九日"。可知它原是用作承托七茎金铜花。

小小一方石砚，也多有床座。藏于中仓的一方青斑石风字砚，下承一具六角牙床，牙床棱线以象牙、紫檀、黄杨木等为嵌饰，自然也是木画工艺〈图42〉。王建《宫词》"延英引对碧衣郎，红砚宣毫各别床"，注释此诗者或云"床"是"放置笔砚的架子"，似未得其实，睹此实物，其义自明。砚床也名砚几，渡海入唐的新罗崔致远为高骈代笔致幽州李可举的礼单中，即有"金花平脱银装砚匣并砚几一具"（《桂苑笔耕集》卷十）。陕西历史博物馆藏一件唐墓出土的陶砚，系砚

图 43—1
陶砚
陕西历史博物馆藏

图 43—2
砚与砚床
河北宣化辽墓壁画
（采自《宣化辽墓》）

与砚床连做〈图43—1〉。辽代犹存唐风。河北宣化辽墓壁画里书桌上绘有风字砚，下承带束腰的须弥座式砚床〈图43—2〉。内蒙古阿鲁科尔沁旗辽耶律羽之墓出土的一方也是风字砚，配以金花银砚盒。砚盒依石砚之势而成上宽下窄的造型，盖表下方是砌出池壁及池沿花砖的一泓银波，几茎莲荷袅袅出水，一条升龙穿叶衔花从波间腾起，莲花之上榜题"万岁台"，两边是作为远景的云山旭日，盒身下有牙床脚。那么是砚

图 43—3
金花银砚盒 盒身
耶律羽之墓出土

金花银砚盒 盒盖

盒又兼了砚床之用。"万岁台",便是自名为台〈图43—3〉。高坐具走向成熟之后,唐式砚床就不多见了。

"拨镂",亦为唐代特色工艺。《正仓院考古记》介绍说,它"系以象牙染成红绿诸色,表面镌以花纹,所染诸色,层层现出,或更有于上再傅他色者,尤形纤丽工巧。唐中尚署即掌进此种镂牙物品"。中尚署进镂牙尺一事,见《唐六典》卷二十二《少府监》,曰"每年二月二日,进镂牙尺及木画紫檀尺"。前已提到用于弹奏琵琶的红牙拨镂拨，正仓院藏品中还有红牙拨镂尺和绿牙拨镂尺[2]，第七十回一展中陈列北仓藏品红、绿各一件〈图44〉。镂牙尺表里均满布纹饰，尺表却不刻画分寸，而是依凭纹样作别，即以五朵宝相花为间隔分作相等的十区，花间分别是瑞兽和美禽，禽鸟或衔绶带，或衔幡胜，展翅低昂在花丛上下。中仓的一件红牙拨镂尺在第六十七回展出〈图45〉，牙尺内面的两端分别是仙山、鸿雁与仙鹤，流云、花枝间两身前后顾盼的飞仙。猗那于后的一身右手擎了花盘，妆束很像是《游仙窟》中小鬟的形容——"红衫小撷臂，绿袜细缠腰"。"袜"，腰彩也，也称宝袜，即如唐太宗才人徐贤妃《赋得北方有佳人》"纤腰宜宝袜，红衫艳织成"。飞仙圆脸盘上"注口樱桃小，添眉桂叶浓"，两颊也正是诗笔下的"花合靥朱融"（李贺《恼公》）。北仓的另一件红牙拨镂尺，曾在一九八一年举办的"特别展"中展陈〈图46〉。牙尺一端有小小的一个孔，尺表与前举北仓的两件相似。向内的一面，底端为折枝花和同向而飞的一对鸿雁，其上斜斜一枝偏着花朵的折枝顶起一个莲花台，花台上一对衔绶鸳鸯。上方又是一组折枝花和对鸟。中腰以上，庭

---

[2] 王国维《观堂集林》卷十九《日本奈良正仓院藏六唐尺摹本跋》于用尺制度考校甚详。

图44—1
红牙拨镂尺
正仓院展第七十一回

表

里

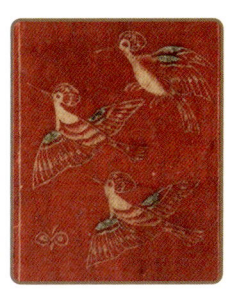

095

图44—2
绿牙拨镂尺
正仓院展第七十一回

表

里

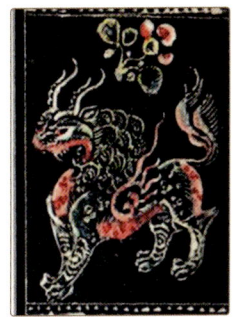 

图 45
红牙拨镂尺
正仓院展第六十七回

表

里

图 46
红牙拨镂尺
正仓院特别展

表

里

100　正仓院里的唐故事

红牙拨镂尺 局部

院深深。庭院外面,两扇蜀葵和翠竹拥护的篱笆门,然后是高台阶上的朱红大门,两扇门上各有衔环铺首和五行乳钉,门两边的槛墙上有直棂窗,屋顶铺绿瓦。入门有小桥流水,叠石绿竹掩映的瓦屋半面,屋后山林葱翠,顶端近缘处四只飞作一字形的大雁。刘禹锡《和浙西李大夫伊川卜居》一首,句云"按经修道具,依样买山村",其下自注:"马高唐为御史大夫,时置宅,命画工图其状,戒所使曰:依此样求之。"马高唐,即马周。镂牙尺上刻画精微的唐代庭院便好似在暗寓自家功用,并且先示范一个诗境里的山庄——"青山为外屏,绿野是前堂。引水多随势,栽松不趁行"[3],尺量尺绘,依样成之也。朝廷以镂牙尺颁赐大臣,原是作为节令用物

---

[3] 白居易《奉和裴令公新成午桥庄绿野堂即事》。

图 47
佐波理水瓶
正仓院展第七十一回

而取象征意义，工匠则各逞巧思，教它寸寸生妍。

正仓院藏品中也不乏新罗"好物"。《正仓院考古记》"南仓上"记所见"佐波理水瓶"二具，曰"佐波理（さはり）即铜锡合金之响铜，一说本新罗语，今日本亦称响铜"。这两件水瓶我们也在第七十一回展览中看到。水瓶之一的特异之处是腹部口流之下做成一个胡人头〈图47〉。正仓院和法隆寺藏品中更有不少佐波理碗〈图48〉。

图 48
佐波理碗
法隆寺藏

佐波理,即唐宋时期称作挲罗或沙锣者,以译音之故,这两个字尚有多种写法,如钑罗、钞锣、厮锣,等等。狩谷棭斋《笺注倭名类聚抄》卷四《器皿部——金器》"沙锣"条曰"《唐韵》云'钞锣,铜器也'",其下考订语源甚详,录其大要,则"沙罗二音,俗云沙不良","今有胡铜器呼佐波利者,相传出于南蛮,佐波利盖沙不良之转。沙不良即沙罗之讹也。又有朝鲜佐波利,所谓新罗金椀盖是也","沙罗本胡语,后从'金'作'沙'声,作'钑',此亦省作'钞',遂与'钞'取字混"。唐李肇《翰林志》曰学士入院后,内库给诸般用物,中有铜镜、漆匳、漆

图 49
银金花三足盘
正仓院展第七十一回

箱、铜拏罗、铜鞊椀、画木架牀、炉等。这里的"铜拏罗"，应指铜盆。至宋代，沙锣仍用来指金属盆器，铜之外，也包括金银。这一用语，在明清依然遗响不绝。

稍觉纳罕的是，正仓院藏品中金银器很少，第七十一回展览中看到的银金花鹿纹三足盘〈图49〉是最著名的一件（盘缘所垂璎珞系后世添加），此外有第六十七回展出的银镀金匙、箸，见于第六十八回的银四足花盘、银提梁锅，而纯金器一件也无。如果东渡的大唐好物中包含了选择的因素，那么似可认为当日"他者"眼中的唐物，要义在于工艺。

105

代表唐代工艺杰出成就的是镶嵌艺术，木画，金银平脱，金筐宝钿，螺钿或曰宝装，都属之于此。它从上古时期的金属嵌错发展而来，在材质方面则大大扩展，即以纸绢之外的各种材质表现画意或者说追摹绘画效果，精丽工巧，夸妍斗艳，达到了平面造型艺术的极致。正仓院宝物中令人珍视的藏品之一，正是这一类。

国人关于正仓院藏品的介绍，早期有杨啸谷《东瀛考古记》（载《文字同盟》一九二八年第十七号）[4]。至傅芸子《正仓院考古记》而更为详尽，它一九四一年初版于东京文求堂，距今已近八十年，作者不仅以艺术家之眼记述所见，且叩源推委，夷考风俗，更辅以当时能够了解到的唐代文物与正仓院宝物相互印证，代表了彼一时代的学术水平，而即使放在今天，真知灼见，也未过时。作者在《自序》中说道：正仓院"品物之可以认为唐制者，璀璨瑰丽，迄今千百余年，犹焕然发奇光。而日本奈良朝以来，吸取中国文化别为日本特有风调之制品，并觉其优秀绝伦，为之叹赏不置。于是以知正仓院之特殊性，固不仅显示有唐文物之盛，而中日文化交流所形成之优越性又于以窥见焉"。正仓院之唐代或深被唐

---

[4] 此承胡文辉先生教示。

风的遗存，可以说有着"选美"的性质，不论来自赠予，还是通过贸易等其他途径所获，都是时人眼中的唐代"好物"。如今我们看展或能更有收获，半个多世纪以来的考古发现，刷新了今人对唐代的认识，因此有条件把"正仓院宝物"尽可能还原于它的时代，还原于史，也还原于诗。就个人兴趣而言，在这里我可以寻找到与唐诗名物相互发明、相互印证的形象资料，进一步丰富我们从国内考古发现中获得的认知。

早先出国不便，往正仓院看展的中国人很少，因此关注正仓院藏品的多为学界中人，而又多是专门家，面向大众的普及读物，除韩昇的一本《正仓院》之外，似乎更无其他。近年出国已成寻常事，专程赴奈良看展也很平常，关于正仓院特展的宣传便逐年增多，却是"惊艳"之辞多，"相知"之语少，诸如"这座位于奈良东大寺的宝库，保留了迄今为止种类最丰富、最全面，且最有价值的唐朝艺术品"；"可以说，想要亲见唐朝最准确、最完整、最丰富的文物，正仓院是唯一的选择"，皆未免言过其实。借用他人的比喻，即正仓院宝物是"古代东方文明的巨幅画卷"，"再现了一千多年前的辉煌"，则不妨认为，唐代文化是一幅长卷，正仓院宝物是长卷中绚丽的一段。其实这里更想说的是，这格外精彩的一部分却是不宜单独来看,而要放在我们所能了解的唐代物质文化背景中,才更能发挥它的叙事功能,更能彰显它的重要意义。日人研究正仓院中的唐代文物,也总是不离器物的故乡,每每会把中国考古发现的材料——乃至最新材料——纳入视野,不仅体现在专业研究,也体现在介绍性的展览图录。作为来自故乡的参观者,更应该成为它的相知,如此方不辜负这一传世千年的宝贵遗存。

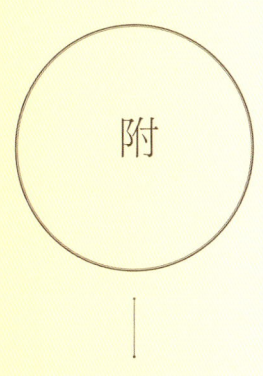

"宝粟钿金虫"

"宝粟钿金虫"，句出梁吴均《和萧洗马子显古意六首》，此为六首之二中的一联，即"莲花衔青雀，宝粟钿金虫"[1]。吴均的这首诗并非名篇，这一句诗也非名句，但它却涉及一项古老的装饰工艺，而这一项工艺似乎久已被遗忘了。

金钿以宝石为嵌饰，便又有宝钿之名，而它以加工好的金粟粒勾勒花形，花瓣、花心之内嵌宝，此金粟与宝石的结合，则又可名作宝粟。除镶嵌宝石之外，金钿尚有另外一种装饰物，此即金虫，或曰青虫、玉虫。吴均诗所谓"宝粟钿金虫"即是也，唐李贺《恼公》"陂陀梳碧凤，腰袅带金虫"[2]；五代顾敻《酒泉子》"掩却菱花，收拾翠钿休上面。金虫玉燕。琐香奁"[3]，所咏

---

[1] 逯钦立《先秦汉魏晋南北朝诗》，中册，页1745，中华书局一九八三年。
[2] 《三家评注李长吉歌诗》，页90，上海古籍出版社一九九八年。
[3] 曾昭岷等《全唐五代词》，页561，中华书局一九九九年。

俱是。末一例"金虫玉燕"之玉燕,用《洞冥记》故事[4],在此代指钗;金虫是钗首嵌饰,句出前人,这里虽有用典的意思,但这种装饰方法却是当日生活中实有的情形。

不过今人对诗中"金虫"的来历不明所以,以是别有所解。《李长吉歌诗编年笺注》释《恼公》篇之"腰袅带金虫"曰:"'腰袅'句:曾益《注》:'金虫,镂金为虫饰也。'王琦《解》:'腰袅,宛转摇动之貌。金虫,以金作蝴蝶蜻蜓等物形而缀于钗上者。宋祁《益部记》利州山中有金虫,其体如蜂,绿色,光若泥金,俚人取作妇女钗镊之饰。'曾益、王琦所解非是。按,金虫即金凤,带有凤形的金钗,在头上摇曳不定。王沂孙《八六子》:'宝钗虫散,绣衾鸾破。'虫散即凤散,与'鸾破'相对。以虫称凤,由来已久。《大戴礼·易本命》:'有羽之虫三百六十,而凤凰为之长。'简文帝《和湘东王名士悦倾城诗》:'珠概杂青虫。'青虫,即青凤。吴均《和萧洗马子显古意六首》:'莲花衔青雀,宝粟钿金虫。'金虫即金凤,

---

[4]《太平御览》卷七一八《服用部二十》"钗"条引《洞冥记》曰,汉武帝元鼎元年起招灵阁,"有神女留一玉钗与帝,帝以赐赵婕好。至昭帝元凤中,宫人犹见此钗,共谋欲碎之。明旦视之匣,唯见白鹭直升天去,故宫人作玉钗,因改名玉燕钗,言其吉祥"。

粟粒珍宝镶嵌在金凤宝钗上。"[5]

明曾益《昌谷诗注》释金虫曰"镂金为虫饰",固属望文生义;清王琦曰"以金作蝴蝶蜻蜓等物形而缀于钗上",也不确,但他援引宋祁说以释金虫,却并不误。凤虽有虫之称,然而李贺诗以及《笺注》所引诗词中的青虫与金虫,绝非青凤与金凤。《益部记》,全称《益部方物略记》,《说郛》宛委山堂本作:金虫,"出利州山中,蜂体绿色,光若金,里人取以佐妇钗镮之饰云。赞曰:虫质甚微,翠体金光,取而桥之,参饰钗梁"[6]。宋祁《景文集》卷四十七又有《金虫赞》一首,与这里的文字大同小异,所述为同一事。元于伯渊《〔仙吕〕点绛唇》中的一支〔天下乐〕咏女子妆扮,道是"鳌花枝翠丛,插金钗玉虫"[7],亦为此物。金虫、玉虫,又或称作青虫,亦名金花虫、绿金蝉、吉丁虫。《唐六典》卷二十二曰"中尚署令掌供郊祀之圭璧及岁时乘舆器玩,中宫服饰,彫文错彩,珍丽之制,皆供焉";"其所用金木、齿革、羽毛之属,任所出州土以时而供送焉"。以下列举广州及安南供物,有"青虫、真珠"。作为供物的青虫和真珠,

---

[5] 吴企明《李长吉歌诗编年笺注》,页344~345,中华书局二〇一二年。

[6] 《说郛》号六十七。桥,别本作槁。

[7] 隋树森《全元散曲》,页314,中华书局一九八一年。

自是用于宫中器玩服饰的"彫文错彩"。而这里的青虫，便是唐陈藏器《本草拾遗》中说到的"吉丁虫"。陈曰吉丁虫"甲虫背正绿，有翅在甲下。出岭南、宾、澄洲也"，其功用，乃令人喜好相爱，因此"人取带之"[8]。此岭南，指今广东、广西、越南北部。宾州在今广西宾阳；澄洲，今广西上林。陈说尚有更早的来源。清《广东通志》卷五十二《物产志》引竺法真《登罗浮山疏》云："金花虫，大如斑猫，形色文彩如金龟子，喜藏朱槿中，多双栖，亦名绿金蝉，又名吉丁虫，带之令人增媚。"竺法真大约是刘宋末至齐梁间人，所著《登罗浮山疏》已佚，惟见类书称引。屈大均《广东新语》卷二十四"金花虫"条似即演述此说："金花虫，大者如斑猫，有文采，其背正绿如金贴，有翅生甲下。一名绿金蝉。喜藏朱槿花中，一一相交。取带，令人相媚。予诗：持赠绿金蝉，为卿钗上饰。双栖朱槿中，相媚情何极。"按照这里的记述，"令人相媚"的传说，原是由古人所认为的金虫的生活习性而来。而所谓"金虫"，实即鞘翅目吉丁虫科色泽美丽的种类（古称"吉丁虫"，与今昆虫学分类中的"吉丁虫"，含义并不对等），其鞘翅闪动金属光泽的蓝，又或绿与铜绿、

---

[8]　尚志钧《〈本草拾遗〉辑释》，页246，安徽科学技术出版社二〇〇二年。

图 1
金虫鞘翅

翠绿〈图1〉,而在光线的反射下,常常微泛金光,因有金虫之名。南朝梁张率《日出东南隅行》"方领备虫彩,曲裙杂鸳鸯","虫彩",便是指金虫的光泽。金虫的鞘翅为吉丁质,故历久不坏。可知"宝粟钿金虫""珠概杂青虫"以及"宝钗虫散",诗词中的金虫和青虫,均指此虫,更确切的说法,是指虫的鞘翅。"宝粟钿金虫",意即金粟粒铺焊作花形,其内填嵌金虫翅,"钿",在此是用作动词。李贺诗中的"金虫",自然也做不得他解。

由诗歌展示出来的这样一条线索,可见金虫翅膀用为装饰材料的做法,是从南北朝一直延续下来的。虽然迄今为止中土未能发现早期的物质遗存,但周边的日本和朝鲜，却不乏工艺相同的实物[9]。

实例之一，为日本奈良法隆寺中的玉虫厨子[10]。东瀛文献记其事曰，"向东户有厨子，推古天皇御厨子也，其腰细也，以玉虫羽以铜雕透唐草下卧之，其内金铜阿弥陀三尊御"。又，"东面有葺覆玉虫之玉殿，推古天皇御厨子也，置金铜弥陀三尊以为本尊像"[11]。是玉虫厨子为推古天皇时物，初始置于橘寺，后移至法隆寺金堂。推古天皇元年，当隋开皇十三年。"玉虫厨子之建造年代，现在殆难确定，然就厨子上部宫殿之建筑式样，及其花纹图案等观之，则显然承袭中国六朝式之衣钵，而为日本飞鸟期艺术式样之缩图。"[12] 所谓"厨子"，实即宫殿式佛

---

[9] 濱田耕作《玉蟲翅飾考——慶州金冠塚の遺物と玉蟲廚子》(载《白鳥博士還曆紀念東洋史論叢》，页793～833，岩波書店大正十四年)，于此考证至为详审，不过其中第八节关于中国以玉虫为饰的讨论，未确。

[10] 《法隆寺——日本仏教美術の黎明》(春季特別展)，页83，奈良国立博物館二〇〇四年。按二〇〇四年参观法隆寺，适逢大宝藏院展出寺藏珍品，玉虫厨子竟也在其中，虽与在东京美术馆看到的复制品一样，镂空处也看不到衬底之饰，但它另外放大了一个镂花板的局部，因得以近距离看清在地子上装饰了萤光闪烁的玉虫翅膀。

[11] 前者见《古今目录抄》(系嵯峨天皇宽元间僧显真所著《圣德太子传私记》之别名)；后者见《白柏子记》，均为《玉蟲翅飾考——慶州金冠塚の遺物と玉蟲廚子》引。

[12] 刘敦桢《〈"玉虫厨子"之建筑价值〉并补注》，载《刘敦桢文集》(一)，页48，中国建筑工业出版社一九八二年。

龛。它的底端为饰以覆莲的台座，其上是很夸张的束腰，于是同上方的仰莲合成一个方柱形须弥座，座上为单檐九脊顶的宫殿。宫殿四隅上下皆缘以镂空雕刻的缠枝卷草，玉虫翅膀便衬在卷草纹之下，在镂空处荧荧闪光〈图2〉。

此例之外，又有正仓院藏装在白葛胡禄里的"玉虫饰箭四十六只"[13]，又"玉虫装刀子"一对[14]〈图3〉，羽箭上面的玉虫饰已大部脱落，贴饰在刀鞘的玉虫翅膀则保存尚好。傅芸子《正仓院考古记》称作"木心桦缠镶以玉虫翅"，并解释道：玉虫（たまむし）为吉丁虫科之一种，翅极绿而有光泽并带红线，细巧美丽，历久不坏，镶嵌中之珍品也。朝鲜庆州金冠塚发见之金冠，日本奈良法隆寺飞鸟时代（五四〇～六四四）之玉虫厨子，均利用此虫翅以为装饰。按《唐六典》卷二二，中尚署掌岁时乘舆器玩服饰，广东安南贡品，有"紫檀、栢木、檀香、象牙……青虫、珍珠……"，今广东、安南俱产吉丁虫，则《六典》所称之青虫，当即玉虫无疑。正仓院物品所用之玉虫，据山田保治氏之研究，

---

[13]《东瀛珠光》，第四册，第百九五图：其一，审美书院一八〇八年。
[14]《特别展·正仓院宝物》，图五〇，东京国立博物馆一九八一年。

图 2
法隆寺玉虫厨子

图 3
玉虫装刀子
正仓院藏

乃日本关西地方所产之虫云[15]。关于玉虫饰物之种种，这一节叙述颇得要领。法隆寺玉虫厨子、正仓院藏玉虫饰柄的刀子，都是这一类。

同样的装饰工艺，也见于古代朝鲜半岛。最为著名的一个实例是庆州皇南大塚南墓出土新罗时代的玉虫饰铜鎏金鞍桥、马镫和杏叶[16]，时代约当六世纪初〈图4〉。又《朝鲜历史文物》著录平壤市力浦区戊辰里出土一枚"太阳纹镂空金铜装饰品"〈图5〉，为高句丽时期之物[17]。图版说明曰："这个金铜装饰品的框子很像切成一半的桃子。金铜板中央有稀疏地镶了玉珠的两层圆圈，圈里镂刻了象征太阳的三脚乌。在其外边刻了熊熊燃烧的烈火般的云纹，在其中间刻了轻轻飞翔的小鸟。为了突出镂空，铺一层吉丁虫的翅膀，给金铜板形成金绿色的底色。利用吉丁虫翅膀修饰的手法，是只能在我国看到的固有的手法。"此枚饰品采用的装饰工艺与法隆寺玉虫厨子是相同的，当然这不是只能在朝鲜看到的固有的手法。至少

---

[15]《正仓院考古记》，页66，文求堂一九四一年。按傅氏所举庆州金冠塚之例，以玉虫为饰者，实为马具和衣服。

[16] 时代约当五世纪。《韩国国立庆州博物馆文物精品展》（陕西历史博物馆编），页105，三秦出版社二〇一二年。

[17] 约当五世纪。《朝鲜历史文物》，图一八五，朝鲜民主主义人民共和国文物保存社一九八〇年。

图 4—1
玉虫饰鞍桥 复制品
庆州皇南大冢南墓出土

图 4—2
玉虫饰马镫 复制品
庆州皇南大塚南墓出土

图 4—3　**玉虫饰杏叶**　复制品
庆州皇南大冢南墓出土

图 5
太阳纹镂空装饰品
平壤市力浦区戊辰里出土

可以说，它在中国、日本皆曾流行。只是中土没有早期实物遗存，但延用的时间却不短，活跃在诗词歌赋中的历史，则更长。

韩愈《咏灯花同侯十一》："今夕知何夕，花然锦帐中。自能当雪暖，那肯待春红。黄里排金粟，钗头缀玉虫。更烦将喜事，来报主人公。"这一首诗的意思本来平常，却因"黄里排金粟，钗头缀玉虫"一联被认为咏物拟象格

122　正仓院里的唐故事

外传神而成为名句。它把钗的样式转换作两般意象来为灯花写照，即巧将吴均的"宝粟钿金虫"一分为二，而更见娇俏，以至于玉虫后来竟成为灯花的一个别称。又以桂花点点团簇亦似金粟，这一组拟喻也被用作桂花之咏赞。如张孝祥《浣溪沙·王仲时席上赋木犀》："翡翠钗头缀玉虫，秋蟾飘下广寒宫。数枝金粟露华浓"；又吴文英《江神子·送桂花吴宪，时已有检详之命，未赴阙》状桂花云："宝粟万钉花露重""钗列吴娃，腰裹带金虫"。诗词作者虽然意在用典，乃至照搬李贺诗句"腰裹带金虫"，不过"宝粟钿金虫"的工艺，在唐宋时代实际上并没有退出装饰领域而真正成为"古典"。

吉丁虫之金碧荧然者用为女子簪钗之饰的风习，似乎在南方不曾断绝 [18]，而明末禁中宫人又别有一种以草虫制作的簪钗。明蒋之翘《天启宫词》："襥斗潜来内上林，罗衣轻试柳边阴。逡巡避众闲寻撦，一笑拚输草里金。"其下自注曰："坤宁宫后园名内上林，时宫人所插闹蛾，尚用真草虫夹以葫芦形，如菀豆大，名'草里金'，一枝可值三二十金。"[19] 这里所谓"闹蛾"，可以作为明

---

[18] 清郝懿行《尔雅义疏·释虫》"蚨蟥"条曰："今甲虫绿色者，长二寸许，金碧荧然，江南有之，妇人用为首饰。"

[19] 《明宫词》，页50、62，北京古籍出版社一九八七年。

图 6
金累丝镶玉虫珠石
蝴蝶簪
故宫博物院藏

代流行的草虫簪之统称,其时多用金银及金银镶嵌珠宝以肖形——如蜜蜂,蜻蜓,蜘蛛,蚂蚱,蟾蜍,蝎虎,蝉,等等——用作簪首。此以真虫,自然别致。只是不见实物,因未能确知其式毕竟如何。

清代宫廷,金虫竟又现身。一件"金镶珠石蝴蝶簪"〈图6〉,今尚存原初负责收贮者所附黄签,其上呈书"乾隆四十三年十一月二十八日收"[20]。所谓"金镶珠石蝴蝶簪",稍有省略,若补足材质与工艺,当可名作金累丝镶玉虫珠石蝴蝶簪。

---

[20] 故宫博物院《清代后妃首饰》,图六六,紫禁城出版社等一九九二年。

124　　正仓院里的唐故事

观 展 日 记

二〇一二年

十月卅日——十一月四日

★ 东京

♠ 千叶

● 京都　　　◆ 爱知

🔔 滋贺　　　□ 静冈

■ 兵库　◆ 奈良

☆ 大阪

▲ 和歌山

◉ 冲绳

第六十四回正倉院展入场券及图录　扬之水藏

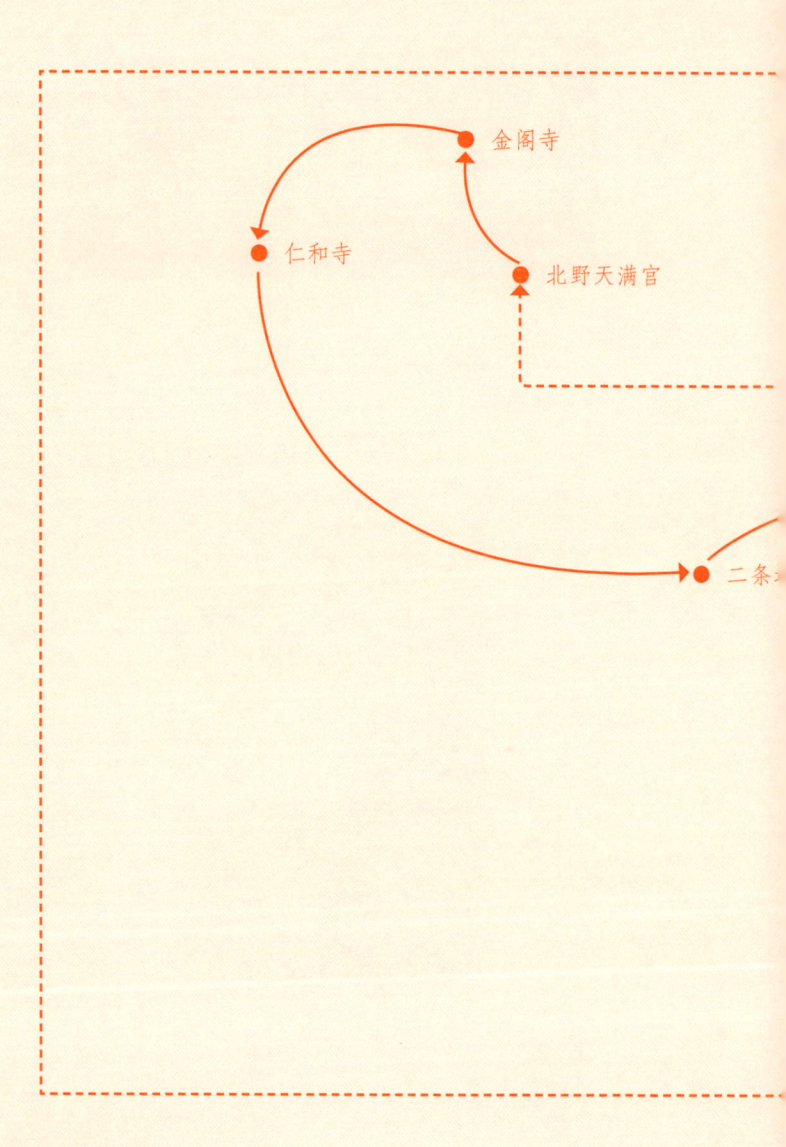

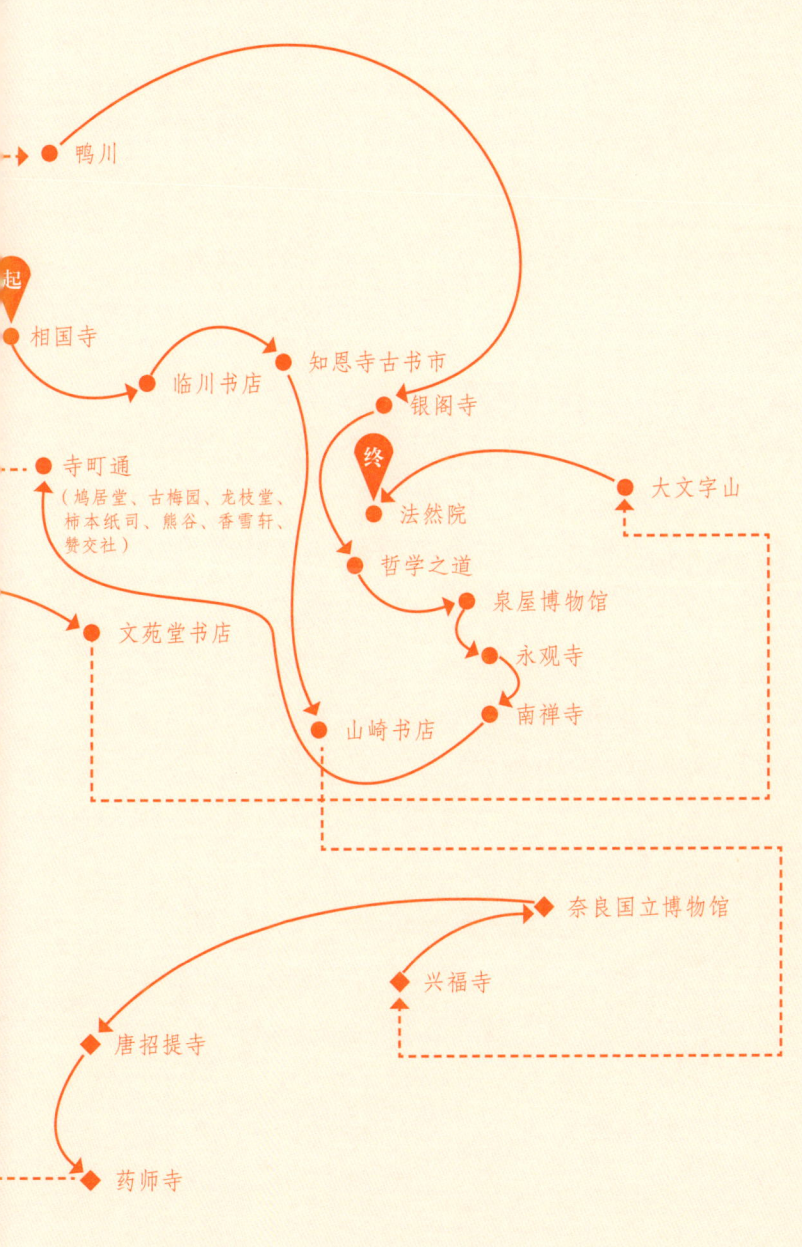

◎十月卅日（二）

早六点四十分出发，小航开车，与志仁、小王王同往团结湖，小两口下车，然后志仁开上3568，送往机场。七点半到，与王楠、史睿会合，办理登记手续。八点钟至登机口。原定起飞时间九点四十分，晚点一小时。飞往大阪的十四人先坐上平日运送头等舱的小面包，率先登记，然后由一大批飞往烟台的旅客把飞机填满，起飞已是十点四十分。一小时后到达烟台莱山机场，全体下机，往大阪者办理出境手续，稍候，再次登机。十二点半起飞，两小时飞抵大阪关西机场，当地时间已是三点半钟。办理入境手续，一小时后从机场出来，直接进到火车站，购买开往京都的车票，但是在售票处彼此语言不通，幸好旁边柜台的一位买票者是同胞，于是顺利解决（这趟车的名称为ほるか）。正好他也是坐同一趟车，因跟随着一起上车。

七十分钟到达京都站，再坐地铁至今出川。出站不远便是同志社大学今出川校区。在校门口给钱鸥打电话，一会儿看到一位风度翩翩装束入时的美女从学校里走出来，原来就是钱鸥。

二〇一二年

　　钱鸥带路，前行不远便是我们入住的安默斯特馆。此馆建于一九三二年，是以新岛的母校美国安默斯特大学毕业生之捐赠而建，为同志社建校六十周年纪念的一部分。二〇〇八年曾修复施工，自次年五月底起，将它主要用于外国研究人员的住宿（另有一个新岛旧邸楼，竣工于一八七八年九月，是以新岛的美国朋友 J. M. Sears 所捐助的四百英镑盖起来的私宅〔此前这块地是同志社英文学校〕。据云设计系采用同志社英文学校教师 W. Taylor 的建议，施工则为当日镇上的木匠）。

　　馆为三层楼，我们住在二层。上得楼梯，迎面一间会客室，钱鸥说这是入住者可以用来接待访客的。左手方向是我的单人间，四天三万日元；右手方向是王楠和史睿的一个双人间，四万多日元。房间洁净自不必说，更有没想到的宽敞，王史的房间外面还有一个大阳台。

　　先将房费委托钱鸥代缴，钱因尚有工作，匆匆辞去。三人草草吃下干粮算是晚饭，然后步行到不远处的路口超市，史睿买了牙刷和梳子，又到对面的书店转了一圈，所售全部为通俗书，一无可取。

　　八点半回到房间。

◎十月卅一日（三）

　　三点半起来，四点半吃下干粮，算是早餐。将及六点天才朦朦亮。打开窗子即闻鸟鸣，空气鲜润而清爽。

　　七点钟去敲王楠的门，原来他们尚在沉睡中——闹表没有拨到当地时间。不过很快洗漱完毕，七点多一起出门。

　　先往相国寺。出门不数武，即到了门口。入门一方水池，周围满摆着缸荷，缸边竖着名牌。水中立着一动不动的一只鱼鹰，乍一看以为是假的，忽然鸟头动了一下，原来是在摆姿势。除了偶尔有人骑车穿过之外，整个相国寺都没有人，很是清静。

　　继往马路对面的御所。也是一处安静的所在。绕着围墙走了一圈，八点半回到驻地。

　　九点钟出发往百万遍知恩寺。途经临川书店，看见门前不少等候开门的人，多是两鬓斑白者。史睿说这是一家很有名的书店，于是也驻足等候。九点半门开了，店员推出几个摆满了书的手推车到门口的路边。书店只留出门前的一窄条，摆了一个柜台卖书。从中挑得一本高田修《佛教の起源》，记得先前曾托长老代购，长老查得定价，说是三万余元（日元），遂作罢。此番则五千日元买下。

　　至百万遍，又进了几家路边的书店，来到知恩寺已是十点多钟，古书季已经开始。所谓"古书季"，即相当于北京开在地坛的书市，也是以书店为单元的一个一个书摊。价钱多很便宜，尤其是图册。

十二点半出来，在附近一家快餐店午饭。落座后，把苏枕书也约来，每人一份菜饭（炸猪排、炸鱼排、小菜一撮、酱汤一碗，大份七百余元，小份五百余元）。

饭罢仍往知恩寺。遇到今天才从东京来到这里的刘玉才，匆匆聊了几句。

上下午加起来共购得十二册:《原色日本の美术·4·正仓院》《正仓院》《正仓院裂と飞鸟天平の染织》《法隆寺:日本仏教美术の黎明》《シルクロード:仏教美术传来の道》《秘められた黄金の世纪展》《庆陵の壁画》、东洋文库本《天工开物》《燕京岁时记》，又台湾版《唐伎研究》《细说唐伎》《晚唐讽刺小品文之风貌》。还有一部三巨册的《正仓院》，要价一万八日元，不过考虑到携带困难，只得放弃。

三点半离开，坐上公交车，十几分钟回到驻地。放下书，再往百万遍与苏枕书会，由她带领，去了一家名作富山堂的书店。不过富山堂图文书很少。苏枕书说:"我知道你们喜欢什么书了，带你们去另一家，一定有收获！"于是走出来，在路口坐上出租车，往山崎书店。

这里好书果然多。一部六册的《东瀛珠光》最教人心动，要价二十万，算下来合人民币一万六，比国内便宜多了，只是没办法携带。最后挑了两本:《古印度文样》(逸见梅荣)《正仓院の文样》，前者标价三千二，后者四万二，苏枕书请老板优惠，遂少算了一本书的钱

133

（三千二），买下。

史睿与山崎岳约好七点钟在二条苑见面，四人乘出租车同往，六点二十分就到了二条苑门口。恐怕时间早得太多，于是沿着街道走到十字路口再走回来，觉得可以进门了，却一眼看见山崎岳已经坐在门厅等候。山崎说，订好的位置还没有腾出来，先到园子里走一走吧。大家先脱了鞋存到门口的柜子里，然后跟着山崎进园。不过是小桥流水，石灯花木。山崎的中文很流利。他说，这里原是十六世纪一个商人的住宅，他建造这所宅子的时候，开凿了高濑川，因此对京都是有功的。七点钟山崎的朋友梶浦也到了。梶浦原先负责京都大学图书馆，与史睿也很熟。

入座后，山崎点餐。完全是日本风味。两盘刺身，两个火锅。火锅涮的鱼写作汉字是"九绘"，山崎说这种鱼是杂食，什么都吃。大家举箸，都吃得兴高采烈，但我只觉得一股腥气，连里面的白菜都变味了。总之一桌琳琅满目，但可以下咽者没有几样。山崎说过几天就要去北大，但因为近日的钓鱼岛事件，他的妻子很担心，不知安全与否。这情景也正如我们决定京都之行时，周围人的担心。

九点半结束晚餐。坐出租车返回驻地。

◎十一月一日（四）

两点钟醒来一次，再睡不沉，不到四点起来。

仍是各自吃下带来的干粮。六点钟王楠就来敲门了，于是动身往奈良。

先步行至出町柳站，买了一张一日乘的车票（一千六百日元），乘地铁到丹波桥，然后换乘火车，七点半到达奈良。出站后步行向奈良国立博物馆。途经兴福寺，在里面转了一圈。出来沿着马路继续前行，路边不断看到悠闲漫步的鹿。

八点钟到了博物馆，等候参观的人差不多已有数百。门票一千元。九点钟开馆，排着队鱼贯而入。展品共六十三件，每个展柜面前都挤满了人。占据中心位置的是一件银鎏金高足蓝琉璃杯，需要另外排队观摩，每人在它面前逗留的时间不到一分钟。排队等候的时候，一个人过来打招呼，等他转过身别去时才想起来是王瑞智。

实物与图录中看到者反差比较大的是铜熏炉和紫檀书几。做成这一类中有平衡环的铜熏炉，唐代称作香囊，但这一件似乎很难与"囊"对应，怪不得宣传材料上面的想象复原图把它放在地上。

两个小时结束参观，在小卖部购得《第64回·正仓院展》（一千二百日元）。

出展厅便是一个餐饮大棚，卖快餐和饮料。每人买了一盒便当（一千二百日元）。半小时饭罢，步行至不远处的东大寺(门票八百日元)。在大佛堂转了一圈,便走出来。这里的游客泰半为中小学生,一片闹闹嚷嚷。天时阴时晴,还掉了几滴雨点,想起前番来此也是逢雨。

再回到路边,乘车往唐招提寺。下车后几乎看不到一个行人。沿着一条窄马路走了几百米,才看到停车场上有人从车上下来。

门票七百日元。游人很少,松尾芭蕉词碑后面的御影堂、开山御庙等都不开放。讲堂旁边有藏宝阁和新藏宝阁各一座,是正仓院式的校仓。

三点多出门,沿着寺院斜对面的一条小路前行,一边是水,一边是村居,不时看到一树红透的柿子又或是橘。走了差不多两里地,到了药师寺,探头看了看里边的情形,大家都没了兴趣,于是决定回返京都。

药师寺不远处即是车站,一小时十五分钟就顺利回到住所。

◎十一月二日(五)

三点半起床。仍以家中带来的干粮充饥。

八点钟出发,步行至出町柳站前的鸭川桥下,王楠在河滩上拍鹭鸶,我听史睿讲唐代官制。然后乘车往银阁寺。路经银阁寺道,史睿说下一站才是银阁寺,却是越开越远,再问,早就坐过站了。而此车属于京都府系统,不售一日票。于是赶快下车，到对面换乘京都市系统的车，买了五百元一张的一日票。银阁寺站下车，一切变得熟悉起来。那一年来这里也是叶子红了的秋季，清楚记得一条很长的路通向银阁寺。果然如此，这条路名作哲学之道，经过银阁寺，再伸向南禅寺。

入门后，印象中的枯山水，即白沙作成的向月台又出现在眼前，一边是银阁（观音殿），一边是东求堂，局促的空间里摆着精致的建筑，山石、花木、流水叠还回绕，整个银阁寺就像是一个盆景。贴着洗月泉是一条上山的路，登高下望，树色红绿相间，银阁寺半隐半现，更有游人在细雨中不断涌入。

在小卖部转了一圈，买了几种花笺，又一个黑漆首饰盒。

出门下行，在路边一家快餐店午饭。一份蘑菇鸡蛋饭，七百日元。味道不错，只是量太少了。服务员是一位中国姑娘。

沿着哲学之道走向南禅寺。一边是渠水，一边是住居，间或有店铺，都是小小的，卖衣服，卖吃食。

路经泉屋博古馆，遂进去参观。三个展厅是中国青铜器，第一展厅为商代铜器，第二展厅为西周至战国铜器，第三展厅以铜镜为主。允许拍照。陆续进来参观者不足十个人。一楼后面还有一个展厅是馆藏日本茶道具，不能拍照。此厅入门处的一个陈列柜里是一具唐代石椁，外壁各面均有线刻画。从体量来看应是舍利函。后来在《泉屋博古馆藏珍品》图录中看到石樟里面有鎏金舍利棺。

在入口处购得三种花笺,又《泉屋博古·中国古铜器篇》《泉屋博古·镜鉴篇》。

再回到哲学之道。看见坐在道边石坐椅上的一位男子为群猫所簇拥,王楠过去拍了不少照片。

路过永观寺,进大门,在甬道边张望一下红叶。进寺的人大约多是去赏红叶的。

三点多才走到南禅寺。从侧门进去,迎面看到仿古罗马的一个引水工程,引水来自琵琶湖。

从正门走出来,坐出租车往位于寺町通的鸠居堂(1040日元)。在鸠居堂买下一万两千日元的各式花笺。之后再往路对面寺町通二条的古梅园、龙枝堂、柿本纸司,买花笺、买字帖(二玄社印《魏晋唐小楷集》),又一对以平家徽章为图案的铜镇纸(两千多日元,拟送陆灏)。

返回途中,经过一家名叫"熊谷"的古玩店,买了一个带盖的小调味罐,小罐口沿处做出一个小缺口,一柄小勺的勺柄从缺口处伸出,正如同宋代水盂的设计。售价五百日元,于是买下。王楠买了一个仿竹编的铜花篓(两千多日元)。再到旁边的一家超市,买了一盒方便面(195日元)。收款处的一位服务员也是中国姑娘。

一路打问,连坐车带走路,七点钟回到驻地。

看见王楠买的铜花篓,觉得把这个作为礼物似乎比镇纸更好,史睿因以花笺持赠,于是以镇纸作为交换。

◎十一月三日（六）

三点半起床。仍是以干粮为早餐。

王楠六点钟先跑到鸭川桥下拍晨曦中的鹭鸶，七点半赶回来，三人一起出发。坐上京都市巴士，每人买了一张"一日乘车券"（五百元），八点半至金阁寺。但这里九点钟才开门，遂继续乘车，往北野天满宫。天满宫为"无料"参观。迎面鸟居门最上面的横梁上栖着一排鸟，倒真是名副其实的鸟居门。这里供奉的是学问之神，祈愿处有一个投钱箱，箱子上方一根悬铃的绳子，祈愿的方式是投钱二百元之后，拽绳摇铃（王楠先没看见说明，只投了十元）。

出了天满宫，再乘车往金阁寺。九点半钟行至寺前，已是游人如织。入门即是映在水中的金阁寺，水边山石绿树环绕。半阴半晴的天气正好现出蓝天白云。在小卖部购得一根仿竹的铜镇尺（3300日元），又一枚姬小箱（4500日元）。

再乘车往仁和寺，这里也是"无料"参观。先在开在寺里的一家餐厅午饭（每人一份盖饭）。史睿吃下之后似有不足之意，曰："我申请再吃晚饭。"

寺里有一个弘法大师亦即空海的御影堂。脱鞋进殿，"御影"隐在没有灯光的深处，能够看见的果真是"影"。"御影"前方的香案上一周水碗之外，还有一柄带镇的手炉。堂前装着支摘窗，里层屋檐下悬着一排开窗时用于悬吊的钩子。寺里还有一座五重塔，金堂前面的道边上三三两两的人对着塔写生。塔檐五重，每层尺度几乎相同，却靠着视觉错误而见出向上的收分。

山门后面的门廊的台阶上摆着一张案，上面放着祈愿签，缴付二百元即可自书一枚放在盘子里。史睿拟为王楠写一枚，我说就写"太平桥边王二娘子"好了，史睿果然书作"北京太平桥边王二娘子"。

离开仁和寺，乘车往二条城（门票六百日元）。城为德川家康第一代将军所营造。脱鞋进御殿参观一周。其中有一段廊子走起路来发出很夸张的吱吱声，大约此即防范刺客的所谓"莺声廊"。出御殿，按照参观路线依次走过花园和了望台，又沿着城壕转了半圈。

乘车至市役所，往昨天没有去成的文苑堂。途经一处卖文房用具的店铺，名作香雪轩，门前悬一根大毛笔，听见有人进门，一对老夫妇才先后从小门爬出来（里面当是日式的榻榻米）。男人指着迎面墙上挂着小路实笃题匾给我们看。另一面墙上的镜框里是旧年报纸所刊关于香雪轩的报道。看来是一家有名气且有点历史的老字号。

继续前行，又看到苏枕书提及的赞交。进去买了几种花笺。

最后到了文苑堂，史睿购得昨天让给我的二玄社印《魏晋唐小楷集》，新书是1890日元，交款时老板娘特地走出来，从一捆旧书中抽出另一册，品相与新书无别，而售价1500日元，问愿意买哪一种，自然选择了便宜的。

乘车至乌丸今出川，在路口的一家韩国烧烤店晚饭，每人一份石锅拌饭（432日元），饭罢步行回到驻地。

三人商量了明天的行程,然后分别给钱鸥和苏枕书打了电话。

◎十一月四日(日)

三点起床。以最后一块西贝香豆酥饼为早餐。

八点钟如约往银阁寺,在门口与苏枕书会合,由她引路上山(即寺后的大文字山)。山不高,轻轻松松就上到山顶。一路不断看到登山的男女老少,不少人是苏枕书认得的,因此一路打着招呼。途经一座小小的"千人塚",前面供了象征性的石人,身上系着如围裙一般的红布,苏枕书说这是地藏菩萨,里面埋的多半是夭折了的小孩子,小孩子无法渡过通向彼岸的河,于是求地藏菩萨把孩子放在腋下,念了咒语,方可渡河。

站在山顶,整个京都尽收眼底。以鸭川为标志线,一片方整的绿色便是御所,不远处的真如堂则是蒋寅当初向我们推荐的住所,然而几年前开始就不允许住宿了。脚下的山坡是用防火墙隔出的一个"大"字,节日时候的五山烟火,此即其一。金阁寺旁边的山上也有一个"大"字,站在这里也能远远望见。

下山,沿哲学之道往法然寺,一路听苏枕书讲道边的四季花木,原来都是以精心设计而达到四时鲜花不败的效果,她说日本的园艺是非常发达的。又说汉字中的春夏秋冬四个字，在日文中各个都加上了木字旁，而分别成为花卉的名称。

法然寺小而精致。山门建在高台阶上，上得台阶，即看到低处庭院里的两方枯山水。石桥下的水池里养着肥大的黑鲤鱼，水边一树虬结的怪藤。石子甬道旁的古树下布满厚厚的青苔。花木掩映着几间房舍，里面正在举办一个小型画展。因为是"有料"，一行人便转身出来了。

又跟着苏枕书在墓地走了一遭。这一次看到了梅原家（中有梅原郁）、谷崎润一郎、九鬼周造（京都学派的开创者之一）、滨田耕作、内藤湖南诸位名家的墓地。

回到银阁寺道，在路边一家小馆午饭，每人一份亲子盖饭，费两千七百多日元，因为今天是史睿的生日，便把帐付了，算是略尽微意。

十二点回到驻地，整理行囊，半小时后退房，正要把钥匙放到管理员早已备下的一个小盒里，却与她迎面相遇，于是打躬作揖彼此拜别而去。

进到乌丸今出川地铁站，在自动售票机前不知如何操作，只好请两位女生帮忙，因为我们准备好的钱币中有一种售票机拒收，结果一位女生还拿出自己的二十日元代付，且摇着手匆匆跑远了。

在京都火车站顺利换乘直达关西机场的はるか，一点十八分发车，两点半到达。下车后在机场入口处遇到方广锠，他是搭乘国航，于是聊了几句，便匆匆分手。

三点多到了登机口。四点一刻登机，入座后，前面一排的一位男子一回头,原来又是王瑞智。将近五点起飞,五点半到达青岛,下机,入关,重新安检,七点半起飞,一小时后抵京。取得托运行李,已是八点四十五分。小航早等在出口处,三人一起坐上车,把王楠、史睿送到东直门地铁站口,小航下来叫到一辆出租车,方彼此道别。到家已是十点十分。

二〇一三年

十月廿九日—十一月四日

★ 东京
♠ 千叶
● 京都
◆ 爱知
▪ 滋贺
■ 静冈
■ 兵库
◆ 奈良
☆ 大阪
▲ 和歌山

◉ 冲绳

第六十五回正倉院展入場券及图录　扬之水藏

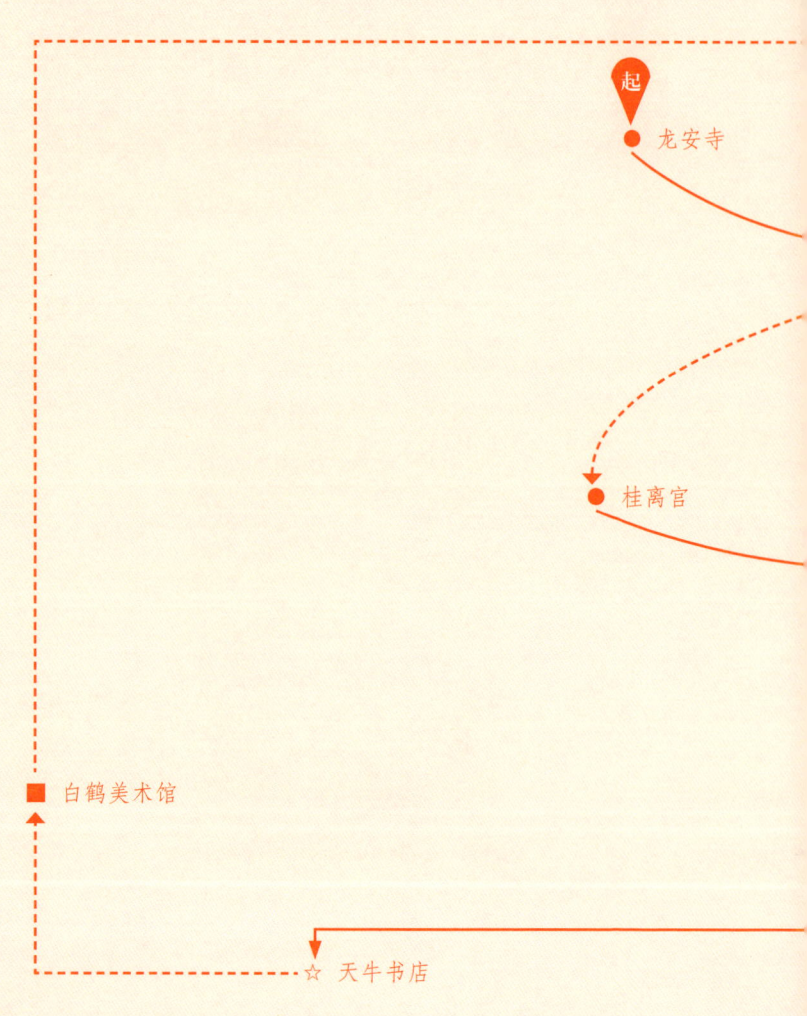

◎十月廿九日（二）

　　五点五十分出发，志仁送往机场。进了车库，发现向外的门打不开，原来一辆载满木板和金属器械的三轮车严严实实堵在门口。车锁着，推了推，纹丝不动。急得不知如何是好。志仁当机立断：卸车。于是一阵忙活，把车上的东西全部扔下来，再把车抬到一边。卸车的时候，接到王楠电话，说已经到了机场。整整折腾十五分钟，才算把车开出来，果然如晶晶所说，高速路上都是赶早班飞机的车，根本开不起来。六点四十分到机场，与王楠会合，半小时办好手续。八点十分登机，半小时后准时关闭舱门，在跑道排了半小时，九点十分起飞，十一点三十五分（东京时间十二点三十五分）降落关西机场。出机场后，马上看到秦岚帮忙预约的MK接送车站，顺利接洽，坐上一辆面包车，一共五位客人。一个半小时进入京都界内，分别把其他三位送至目的地，最后把我们送至日文研招待所门前（车费三千三百日元）。

　　给晓峰打电话，他正在从超市回家的路上。登记处的人拿出预订表来，上面有我们的名字，于是把房门钥匙

二〇一三年

给了我们。一会儿晓峰来到,领我们进了房间,约好五点到他的寓所晚饭。

房间极小,比去岁所住同志社大学招待所差远了。当然一应设施是完备的。

五点多晓峰打来电话,原来他的寓所就在招待所紧邻。餐厅与厨房共一间,一间卧室,厕所和淋浴室各一间。晓峰说这样规模的房子在这里售价合人民币五六十万,他和秦岚正考虑买一套呢。餐桌上摆着炒鸡蛋、白菜熬豆腐、煎香肠、朝鲜辣白菜,还有一碟腌萝卜。晓峰说白菜熬豆腐是我的拿手,吃起来,一定有熟悉的"家"味儿。喝酒吃菜已是大半饱,"这才是序幕,下边的热汤面才是今天的正餐"。于是下了三碗乌东面,里面有青菜和一只大虾。面条很劲道,口感甚佳。

此番才知道,他和秦岚是东北师大的同学(都是七二年生人),学的是古典文学,八九年以后晓峰到京都留学改行学日本史,秦岚仍是老专业,博士论文写的是车王府曲本《西游记》研究。晓峰目前研究的课题是,日本天皇为什么能够万世一系。另一个放在脑子里的问题是"中国的时间"。

饭罢边喝茶边查明天出游的线路，然后领我们到周围认路：汽车站、超市、餐馆。不论山道还是通衢，都很清静，没有行人，车也很少。"日文研有意设在这儿，就是想给人一个清静的环境，安心搞研究。"

九点钟回到房间。

◎十月卅日（三）

三点钟起床。月饼、咖啡为早餐。

七点出门，沿着草木葱茏的一片土坡走下来，几分钟就到了晓峰昨晚指点的汽车站。七点二十四分西5路准时到达，上车时取了入口处的签条，在终点站桂下车，230日元。穿过马路，对面便是地铁站，王楠在售票机旁请一位老太太帮忙买了票（220日元），至京都站下车，走过一条长长的街（河原町？），一路打听，坐上26路，经过御室仁和寺，然后在山越下车，下车前买了一日乘车的卡（五百日元），问司机往龙安寺该怎么走，司机说了一句什么，听不懂，从手势看像是右行的样子，于是向右拐上一条上行的马路，看见身形矫健的一只长角鹿从道边山林里跑出，飞速穿过马路，纵身越过道旁林边的铁丝网，一下子就不见了。马路很长，几乎没有行人，走走问问，兜了一个大圈，一个小时后又回到方才乘车路经的仁和寺，此际已是十点半钟。这是晓峰昨天在网上帮忙查到的路线，足足浪费了两个小时的时间。

来至去岁在山门的求签许愿处，王楠取了一支签，写道"越海徒步来还愿 太平桥边王二娘子"，放下签，投了三百日元，算是完结愿心。

出门，坐59路往龙安寺。门票五百日元。进门不远处一方莲塘，花早凋零，惟见莲叶田田。此即导游图中标示的镜容池。随着游人行至石庭入门处，脱了鞋，方得进入。石庭亦即枯山水，导游图的中文说明介绍说："石庭简单却极其出彩，东西长约二十五米，南北约十米。这个长方形的禅院与建于中世纪的那些豪华的贵族庭院风格迥异，不借一树一草，仅由十五块石头与白砂组成。参观者可以自由去感受这个独特的庭院到底表现着什么意境。也许越是静心去凝视眼前这一切，冥想也就会越发的扩展开去吧。石庭周围有一圈用土砌成的矮墙，可以说是禅家艺术的典型。矮墙又混有菜籽油的土壤砌成。时间久了会慢慢从内不断产生油脂，形成自己独特的造型。世界知名的石庭建于室町时代末期（一五〇〇年左右），据说出自特芳禅杰等优秀的僧人之手。""龙安寺原为德大寺家别墅，一四五〇年细川胜元将其改为禅寺。应仁之乱中龙安寺曾一度被烧毁，后于一四九九年重建。一九九四年被列为世界文化遗产。"

方丈地上铺着席，中间有推拉式屏风为隔断，后墙也是数扇可以推拉相叠的屏风，不免想起李贺的"琉璃叠扇烘"。方丈后面便是铜钱式井栏围起的一泓水，"吾唯知足"四个字共用一个作为井栏的"口"字。

在小卖部购得两种怀纸,其一图案是"吾唯知足",其一是一束楚,爱它有"扬之水,不流束楚"之意。

王楠与苏枕书通了电话,按照指点,坐车到了百万遍,仍在去岁午饭的地方——知恩寺旁的一家快餐店与苏枕书会面,共进午餐(点了和去年一样的猪排份饭)。

饭罢两点多,在知恩寺尚未开张的书市略略张望,两点半与枕书别,然后往鸠居堂。

坐车至鸠居堂前的市役所,先在赞交、柿本纸司等店转了转,购得笺纸数种,又平家纹镇纸一枚,最后到鸠居堂,反而没有选出几样中意的。在不远处的一家书店购得一册《涅槃图绘解》。然后到附近一家咖啡店歇脚,一人一杯拿铁(450日元一杯)。六点半出来,先坐地铁,至桂,仍乘西5,八点二十分回到住地。

◎十月卅一日(四)

四点半起床。月饼、咖啡为早餐。

八点半出发。走到汽车站,正好看到一辆车开过来,于是跑步赶上,却是一站就到了终点,原来方向反了。再从终点站坐车至桂,下车步行,二十分钟走到桂离宫前。拐到桂离宫的一条小路,左手边很长的一段宫墙全部由竹叶攒聚。

十点钟开始入场，先在进门处的一间大厅亦即"参观者休息处"参观展品、购物、看录像片，然后开始参观（无料）。与十年前相同，从始至终前边是讲解员领路，后面是皇宫警察"押送"。自御兴门起，依次前行——设有茅厕的等候处、水色斑斓的洲浜、作为茶室的松琴亭、高坡上的赏花亭、屋顶造型独特的园林堂、水边的笑意轩、有月见台和月波楼的书院，过书院大门御兴寄，结束参观。处处匠心的庭院，在精心呵护下更显得一尘不染玲珑剔透，翠色中的红叶，水中的绿头鸭，修剪整齐的树冠，天心人意交汇在一处，成就了盆景式的秀巧和精致。

十一点多结束参观，十几分钟快速步行至车站，坐地铁，换公交，一小时后到了百万遍。仍在昨天的快餐店午饭，每人点了一个"亲子"份饭（鸡丁和鸡蛋），470日元。

继往旁边的知恩寺古书市。购得《正仓院展》图录五十三回和五十五回、《正仓院学》《世界陶磁全集·11·隋唐》《陶磁大系·39·磁州窑》（均为三百日元）《大唐长安展》《南俄草原骑马民族遗宝展》《燕京岁时记》（小野胜年译注）。三点多钟枕书赶来会面，赠以昨晚手绘的一幅水彩画"金木犀"。

五点钟离开书市，枕书送至汽车站，一小时回到住地，放下书，再往附近的超市。购得柠檬、香蕉、柑子、天然水、方便面，又刀一柄，共三千多日元。

◎十一月一日（五）

　　四点钟起床。七点钟如约至晓峰寓所早饭：大米粥、煎鸡蛋、各色小咸菜。八点出发，八点二十分坐上西5至桂。

　　错上了快车，结果坐过了四站。至终点站奈良，已是十点一刻。于是赶快回返。半小时后到地铁学园前站，泷朝子来接。进门（注：大和文华馆）后略略交谈，然后她赠以《大和文华馆名品图录》《大和文华馆所藏品图板目录·5》《宫川长春特别展》。提出想看一看馆藏白瓷博山炉，她说要去请一下。很快就走出来，说可以。于是一起进到库房，保管员抱出一个大盒子，泷朝子小心翼翼从盒子里取出博山炉。于是走上前去捧起来看个真切。部分釉色具玻璃质感，白中有黄色渗入，个别部位经过后修。问可以拍照么，泷朝子点了点头。十一点五十分结束参观，四人一起到车站楼上快餐店午饭。泷朝子本来抢着要付账，但听得晓峰说"那样我就没面子了"，遂作罢。

　　一点钟至奈良国立博物馆，晓峰打电话联系他的老朋友馆长汤山贤一，一位女秘书出来把我们接进馆长室。晓峰与汤山已经认识十六年，汤山原来是文化厅的厅长，从厅长任上退下来，到这里当馆长。坐下来，二人自有一番叙旧的话题。然后（一点二十分）汤山赠以每人一册《正仓院展》图录，接着把我们带到展厅，讲了正仓院三个仓的大致情况，又在螺钿镜的展柜前略事讲解，便说你们自己参观吧。参观情况皆同去岁，不过展品没有一件重复的。今年的作为点睛的一件是"香印座"。近距离观看，更见彩色斑斓，纹饰炫丽。

四点半结束参观，在购物处购得两面以螺钿镜为图案的小镜子，又购一册图录拟赠裴雅静。再至馆长室小坐，五点钟辞出。晓峰看时间尚早，于是当即决定到关西大学旁的天牛书店把《东瀛珠光》买回来。和店主人通了电话，说是八点钟关门，算算时间来得及，遂乘地铁直奔大阪。换了几次车，最后在绿地公园下车，出地铁后再坐出租，起步价（625日元）就到了书店门口。此际已是七点五十分。购得《东瀛珠光》（十六万日元）《东亚的佛像》。八点十分离开，在不远处的麦当劳晚饭，我请客——为了《东瀛珠光》如愿到手，向晓峰致谢。

九点钟回返，十一点钟回到住地。

◎十一月二日（六）

四点钟起床。七点钟如约至晓峰寓所早饭：粥，小咸菜，蒸白薯。

饭罢出发，七点四十分至西5车站，刚刚开走一辆，按照周六的运行时间，足足等了二十五分钟。仍是坐到桂，然后换乘地铁至梅田前两站的十三，再换车至冈本。出地铁，乘公交车31路，十点十分至山坡上的白鹤美术馆前。

　　泷朝子事先联系了白鹤的学艺课长山中理,于是在传达室打电话,一会儿山中和一位学艺员田林启出来见面,田林会中文,与朱岩石相识,在会客室寒暄片时,问可否拍照,田林请示山中,山中颔首,遂领着我们进了展厅,与展厅工作人员交待了几句,然后过来叮咛道:"待没有其他参观者的时候,再拍照。"

　　十二点看完一层的一间展厅,出来正好碰见走来的山中和田林。田林说一会儿要去开一个研讨会,于是先来道别。赠以馆藏文物图录一册。

　　一点半结束参观,与山中和馆长清原修道别。在地铁站前的一家快餐店吃了一盘意大利面,一杯抹茶冰沙。

　　从乌丸地铁站出来,才四点多,步行至附近一家小咖啡馆,店主人是一对老夫妇。一人点了一杯咖啡。坐聊至五点四十分,再回到乌丸站出口处。

　　等到约定的六点钟仍不见人,王楠给高田时雄打电话,一会儿高田和永田知之(京都大学人文研准教授)跑过来,大家见了面,然后步行往晚饭的餐馆露地。

　　露地是一所建于明治十年的老房子。四人在一个包间里落座,一会儿关西大学的玄幸子也到了。高田作东并点菜(他说日餐近日申遗成功)。先是凉菜一款:加了一星生鱼、一撮鱼子酱和几颗石榴的蔬菜沙拉。接着是一条烤鱼,配着加了芥末的白萝卜泥,烤牛肉,松茸汤,意大利面,日式八宝饭(几枚白薯粒,银杏两颗、香菇一两片),小咸菜三样,其中一味是苤兰(高田立刻从手机上查出是芜菁)。最后一道是甜品:抹茶冰激凌。只有八宝饭和冰激凌尚可,其余皆是勉强下肚。说到明天要去藤井有邻馆参观,高田说前不久他们的东西曾出现在中国的拍卖会上,子孙大概有点守不住了。

八点五十分结束,高田和玄幸子送至地铁站,在站口与高田道别,幸子也一起进站,乘车返回京都。回到住地已是十点十分。

◎十一月三日(日)

四点半钟起床。月饼、咖啡为早餐。八点多在楼下与晓峰会合,同往古书市。

今天书市有不少书降价幅度更大,有几个书摊是五百日元三本。图录之类一册多为三四百日元,忍不住又买了几本。

十一点钟离开书市,坐出租车往银阁寺附近的藤井有邻馆。友邻馆每月只开放两次,其中一次是月初的第一个周日,今天正好赶上。门票按展厅不同分别标价,中国文物是一至三层展厅,每人一千。不允许拍照。四千日元购得一册展品图录。

第一展厅以佛教艺术为主,有天龙山的两尊金刚力士,北响堂山的一对礼佛僧人,南北朝时期的佛造像。二楼展厅的先秦青铜器颇多重器，此外有秦权、汉尺等。著名的那一件十六国金铜菩萨像也在这个展厅。又有一个装饰繁丽的明代黑漆螺钿架子床，床框两边有对称的两个图案，一是张骞乘槎，一是太乙真人。三楼几乎都是清代物，漆器、家具，乾隆御玺和龙袍等。

一点多结束参观，才知道下雨了。坐出租车返回百万遍，在路口的吉野家共饭（每人一份盖饭，晓峰作东）。饭罢再往书市。购得《中国茶叶历史资料选辑》《中国古近代黄金史稿》。加上之前买的几本，已经又是一大包。于是给苏枕书打电话，说好暂存她的研究室，待明年二月份史睿来开会时再取回。

又在书市转了几个书摊，然后与晓峰会合，他说你们先回去，我再淘一会儿。三点半回返，从桂站出来，心里惦记明天的订车确定，雨又下起来，于是决定坐车租车，十几分钟就回到住地。

以月饼与王楠交换方便面，加上前几天在超市买的两根黄瓜，一个柑子，解决了晚饭。

◎十一月四日（一）

两点钟起床，打坐一小时。月饼、咖啡为早餐。然后把行李打捆，运到楼下。四点多晓峰来相送，一会儿车也到了，四点半离开日文研。一路又接了两拨客人，五点多始发关西机场。六点五十分到达。司机很负责任，一直送至国航的登机楼，小跑着推来行李车，将行李一一放妥。

二十分钟办好一应手续，路过购物店，买了几色小礼物。八点半登机（CA162），大约空了三分之一，而且中国人不多。九点十五分准时起飞，北京时间十一点五十五分降落。半小时出机场，小航来接。王楠先坐车一起到家，史睿来接，遂将前番胡同所赠《东瀛珠光》四册转赠王楠。

读《东瀛珠光》，浏览近日报刊。

二〇一四年

十月廿九日—十一月六日

★ 东京

♠ 千叶

● 京都   ◆ 爱知

▣ 滋贺   ▪ 静冈

■ 兵库   ◆ 奈良

☆ 大阪

▲ 和歌山

◉ 冲绳

第六十六回正倉院展 入场券及图录

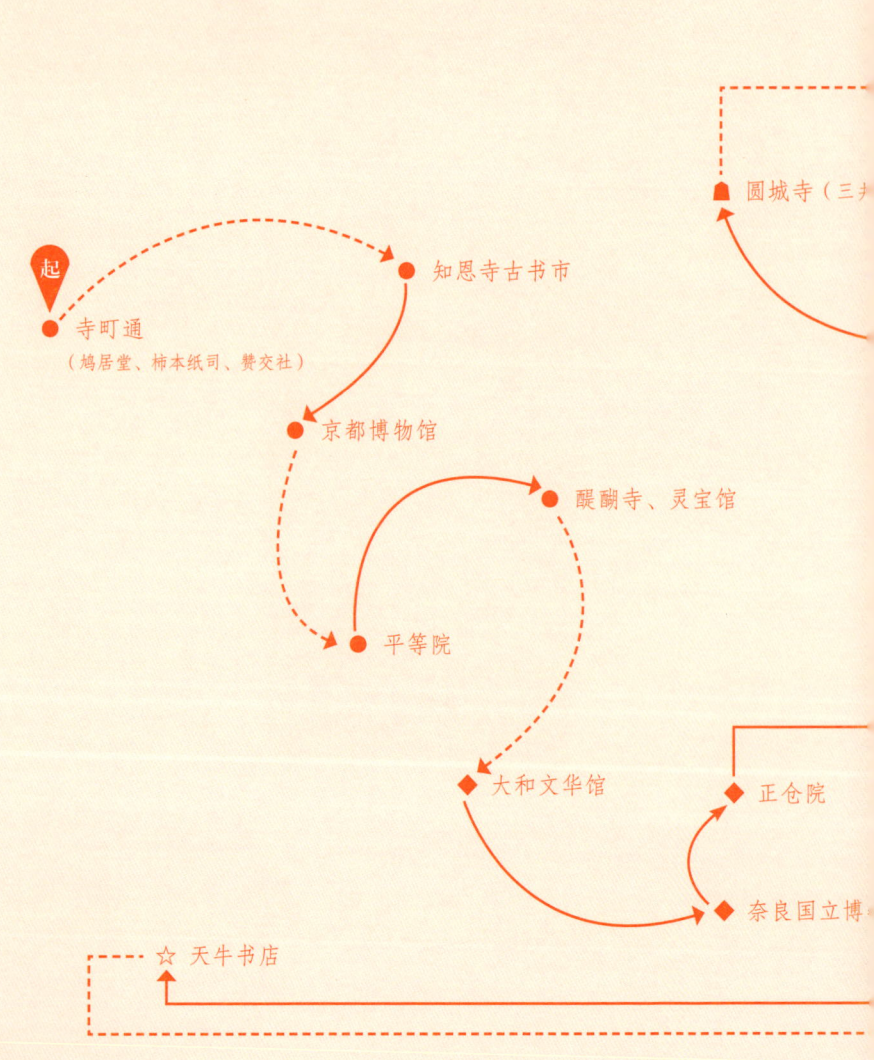

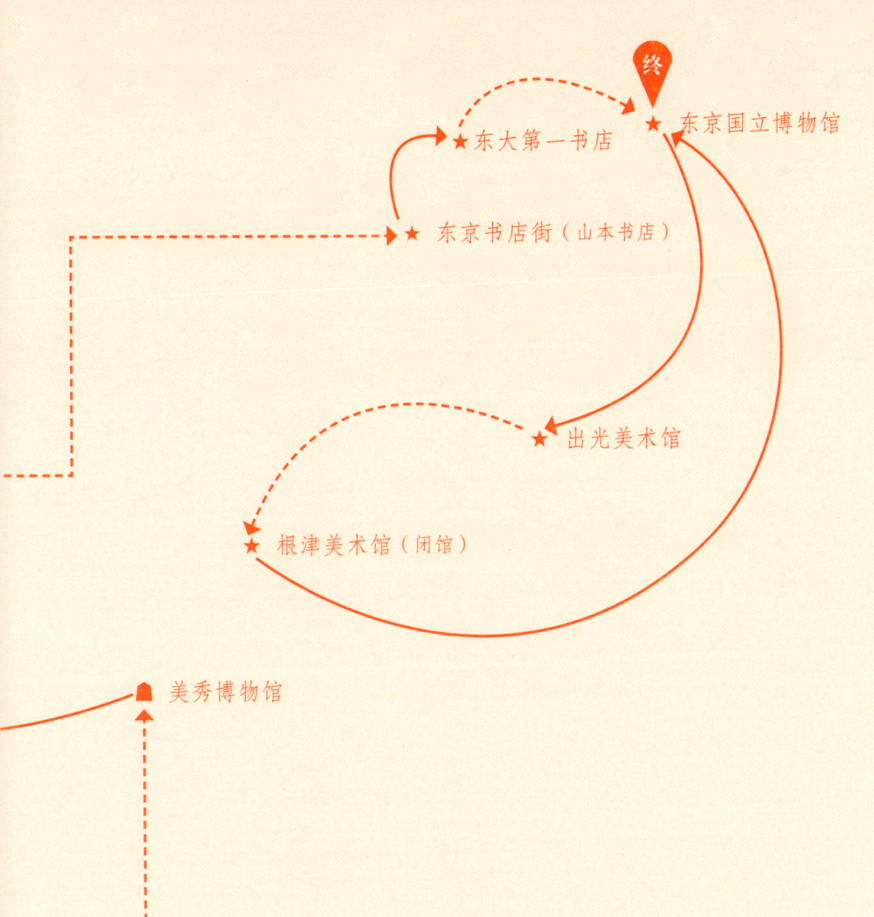

◎十月廿九日（三）

早五点五十分出发，与志仁同往京都。小王王送至机场，六点二十分到，王楠和史睿已经领了登机牌。一起办理好其他手续，七点十分至登机口，CA927，八点四十分起飞。实际上是八点四十分关闭舱门，在跑道上排队等候，九点钟起飞。飞机差不多满员。

当地时间十二点半降落大阪关西机场，入关排队四十分钟，一点半出机场，在快铁售票处门口等候梁基永和小G。两点钟会合，买好车票，立即赶往站台，坐上两点十六分发车的快线，一小时至京都。下车后，跟随梁兄到京都站餐饮区，在一家名作葵的小餐馆就餐。志仁点了一份大虾天普罗套餐，我要了一碗素面，共费1850日元。坐定后，梁兄从行囊中取出见面礼，一册《天下至美》，一幅《楉柿楼著书图》。

四点半与梁暂时分别，各自住店，约定五点半钟在市役所会合。出站后，到对面宾馆前的出租车站坐出租车，奇怪的是司机居然不知道我们预定的花宾馆在什么地方。幸好可以到宾馆里面打印地址，才算解决。坐上车，七八分钟就到了（1470日元）。宾馆登记处的员工是一位李姓中国人，大家一下子轻松了，顺利入住（每天一万二日元）。

放下行装，再乘出租车往市役所(六百日元)，五点四十分到，而梁兄尚在路途中。等了十几分钟仍不至，遂改约在鸠居堂见面。路经一个小书店，门前摆着书摊，王楠选得一册吴哥窟雕塑选拓（售价一千二日元）。

进了鸠居堂，才挑了两样信笺，就有一位店员过来说马上要打烊了。只好赶快付了钱离开。

与梁兄和小G会合，同往对面一条街的柿本纸司，也都关门了。在一家书店转了转，取出带给梁兄的手写心经，约定明天九点五十分碰面，便各自返回宾馆。

二十分钟步行而归。宾馆旁边有个昼夜小超市，买了三筒酸奶，一筒牛奶。宾馆比想象中要好得多，比起英国来，舒适而便宜。

◎十月卅日（四）

三点半起床。在房间里以牛奶咖啡和月饼为早餐。

按照昨晚的约定，九点四十五分至大堂等候梁兄，王楠接到短信，说已经取到租赁的车子了，马上就到，但这"马上"，却是足足半小时——因为要设置导航，而宾馆的电话是错的。五分钟就开到了知恩寺古书市，大家一头扎进书堆。

本来不打算多买书，不过看着实在便宜得厉害，忍不住还是买了不少。计有：《丝绸之路：海的道》《丝绸之路：草原的道》《伟大的丝绸之路的遗产》《古代埃及文明三千年的世界》《托普卡比宫殿至宝展》《正仓院展·平成五年》《和林格尔汉墓壁画》，还有一本是在苏黎世博物馆举办的草原民族文物展图录，多为二百日元一本。又中文古籍十二本（三本五百日元）。

十二点半与苏枕书会合，同枕书在一起的还有一位小姑娘周雯，是辛德勇的博士生，在这里进修半年。六人同往京都大学对面的餐馆午饭（志仁做东）。仍是每年都来就餐的地方，也仍是那个老板娘。大家分别点了海鲜锅和豚锅，又三份蔬菜沙拉，共三千多日元。

饭罢与枕书和周雯别，然后乘公交至三十三间堂对面的京都博物馆。这里正有一个高山寺藏戏画展，但须排队半小时至四十分钟，于是放弃，只选了参观平成知新馆内的常规展（门票520日元）。展厅不允许拍照，其实也没有特别引人兴趣的展品。展厅有三层，展室分作佛造像，金工，漆工，染织，绘画，日本考古等。

四点钟结束参观，乘地铁至市役所，步行到柿本纸司，买了两种信笺。再往鸠居堂，无获，再往赞交社，购得两种信笺。仍返回鸠居堂与梁兄会。看了他今天的淘宝成就：两纸写经，是从几大抽屉日本写经中挑拣出来的，大的一张四万日元，小的一张减半。又道小G买了一对清代的青花盏，非常可爱。

王楠和史睿与梁兄和小G去解决晚饭，我和志仁步行七八分钟回宾馆，吃方便面。

◎十月卅一日（五）

四点钟起床。仍在房间里解决早餐。

九点钟至大堂，十分钟后梁兄与小G到。大家坐上车往宇治，十点钟到。先存了车，然后步行穿过一条小巷，至平等院。也许是时间尚早的缘故，四处都看不到游人，小巷子里也是悄无声息，只有花花草草在一天秋气中的房前屋后微微招摇。

平等院门票一千日元，殿堂内一律不允许拍照。所有的游人似乎在同一时间集中到了平等院前。于是避开人群，先入内参观。两个主要的展厅，一是平安时代的木雕云中供养菩萨，一是复原的殿堂壁画《九品往生图》。此外为平等院大修之际更换下来的构件。屋甍上的一对铜鎏金凤凰自是处在中心位置。入口处放映的录像片是曙色中的平等院，更把凤凰作成霞光里的祥瑞。云中供养菩萨实为伎乐天人，原是天喜元年（一〇五三）藤原赖道兴建平等院凤凰堂时布置于壁间，如今都放在展柜里。一众天人个个体态丰腴，薄衣贴体，各持一器，弄音声于云朵，看起来仍是唐风一脉。复原的九品往生壁画也几乎同于唐代的敦煌壁画。

在二层的购物处购得《平等院凤翔馆》《平等院供养菩萨》，又仿凤凰堂门扉铺首制作的一方镇纸。

走出凤凰堂，方才簇拥在平等院前的游人已大部散去，殿堂，红枫，俱成水中倒影。一群红色鲤鱼团团聚于水边一角。

从平等院出来，走到宇治水边，浮梦桥畔一座新塑的紫氏部石像，基座上刻着"宇治十贴"几个字。

跟着梁兄走到水边可以凭窗望水的一家小餐馆午饭，日餐，每人一份"定食"（1750日元）：天妇罗一份，鳗鱼一小块，小咸菜一份，一大碗素汤面。勉强充饥而已。

饭罢沿着宇治河走上与浮梦桥平行的一座赤栏桥，取了车，往醍醐寺。参观两处，即醍醐寺和灵宝馆，门票一千日元（若加上三宝堂，则为一千五），仍是殿堂内部不允许拍照。

灵宝馆内正在展出一批日本的重要文化财，以密教绘画和与佛教相关的文书为主。殿堂是一个空无遮拦的大型空间（约有两百平米）。隔窗可见一株巨伞一般的枫撑满半个庭院，满树金黄。

我们一行之外，醍醐寺内外游人寥寥。进山门即是遮天蔽日的一片清荫，原来两边俱为拔地参天的杉树林。佛殿前面有一座五重塔。

五点钟离开，半小时返回京都。与志仁在宾馆前面的一个路口下车，往路边的前田商店购得一枚嵯峨野地藏镇纸。

回到房间，以方便面为晚饭。

◎十一月一日（六）

早饭如昨。

八点四十分至大堂等候梁兄，九点钟会合，出发往奈良。十点二十分至大和文华馆，天气预报的"中雨"果然下了起来。泷朝子已同大门口打过招呼，一行人顺利入内。

与在博物馆门口相迎的泷朝子见面，以《终朝采蓝》一册持赠。然后随着泷朝子往库房观摩毛女图罐。装着罐子的木箱先已从库房取出，泷朝子小心翼翼捧出来，于是大家围观。捧着罐子掂了掂，很有分量。比图录能够看得更清楚的是毛女左耳边的一个葫芦耳环以及耳环插戴之后露出的长脚，这是明代才出现的样式，此器为明代物。泷朝子以《大和文华馆的陶磁》《大和文华馆·宋画的世界》分别赠送三对旅伴。又在小卖部购得《健陀罗的雕刻》一册（泷朝子帮忙打折）。

十一点十分辞出，存了车，步行至奈良国立博物馆门侧的大棚食堂午饭。志仁一碗牛肉米饭，给我买了一碗拉面，共一千四百日元。

饭罢十二点半，先买了入场券（一千二百日元），然后排队二十分钟入场。展厅里人挤人，只好先拣着人少的展柜看。人胜，紫檀挟轼，桑木阮咸，海兽葡萄镜。

两点半结束参观，在小卖部购得图录两册（一册赠师），以螺钿琵琶之鸟衔花为图案的一个黑漆盒（1944日元），信笺一札，明信片一套。然后赶往东大寺后面的正仓院。正仓院修整了三年，今年方才开放，不过也只能站在栏杆外面远距离相望，因此是"无料"参观。

取了车，往大阪关西大学旁边的天牛书店。梁兄设了导航，却被导向大阪市中心，适逢下班高峰，堵了好久才算开出来，至天牛书店已是六点钟。挑了一个小时，很失望，勉强选得一册。

梁兄提议在大阪晚饭，于是再进到市里存车，走了好远，方至一处饮食街，在入口处不远的一家中华料理·天下第一落座，每人一碗拉面（费两千日元）。

饭罢八点多，回到宾馆已是九点半钟。

◎十一月二日（日）

早饭如昨。

昨晚收到王楠短信，曰八点半退房。今如约而行，却是退房后在大堂候至九点钟，方见二位匆匆而来。又等了半小时，梁兄和小G到。遂出发往美秀博物馆。

到滋贺县后一路上山，年轻的旅伴不断为山景喝彩，不时驻车拍照，车到博物馆已是十一点钟。先买了门票（1100日元），然后乘电瓶车穿过隧道，至博物馆门前。十年前初至此地，曾留下桃源仙境的印象，今日重访，却已找不到当年感觉。印象中幽深的隧道似乎变得开阔而敞亮，幸好门前红枫依然，依稀浮现旧日妖娆。

前番来此，中国展厅正在办玛雅文化展，这一回倒是全部开放，不过所有的展厅一律不允许拍照，实实令人气恨。看了中国、印度、西亚、希腊、罗马、埃及诸展厅以及一个临展（狮子与犬）。十二点半的时候在餐厅每人一份三明治（一千二百日元）。

两点半结束参观，在小卖部购得几种印有博物馆藏品图案的塑料文件夹。

梁兄和小G已在车中久候，大家计划了一下，继往比睿山圆城寺（三井寺）。三点半到。中途经过琵琶湖，十年前曾同森优纪在琵琶湖边吃西餐，记得湖畔清景无限，如今似乎也变得热闹了。

三井寺门票五百日元一张。又参观了里面正在举办的文化财收藏库展，另收门票三百日元。最后登上观音堂后的观景台，远处的琵琶湖已被一片高楼遮蔽容颜。

五点钟回返，四十多分钟就回到三条原来的宾馆，取得寄存的行李，再由梁兄送至位于四条的皇家宾馆。虽是平行相邻的两条街，四条却是一派都市繁华。宾馆也贵得出奇，鸽子笼一般的小房间，每晚竟是两万一千日元。好在只住一日。

在房间里冲泡热干面，算是晚饭。

◎十一月三日（一）

七点钟往宾馆餐厅自助早餐。按照日本的水准已可算作丰富，如肠、蛋、沙拉、面包黄油之类。以罐头水果加酸奶为主，又吃了半片面包黄油。

饭罢退房，乘出租车往京都站（九百多日元），几分钟就到了。日本的作息时间与中国差了很多，七点半钟大街上尚无车辆和行人，怪不得博物馆都是十点钟开门。

在入口处等候梁兄半小时，然后购票进站台（票价一万三日元），正好赶上八点二十分发车的一班。途中梁兄以包车费用的结算相告，平均每人一万三，正与此趟乘坐新干线的价钱相同。

十点四十分抵达东京站。出站后与梁兄暂别，各自分头入住。在出站口的地图前研究良久，看到JR线有宾馆所在地的饭田桥站，遂上了一趟特急，结果御茶水站过后一站便到了新宿，于是赶紧下车再走回头路，再次研究乘车方法，到达宾馆已将近十二点半。但入住尚须等到两点钟，在大堂办好手续，存了行李，即往书店街与梁兄会合。

步行十分钟至书店街，先进了路口处的山本书店，这里以汉学书籍为主，多有日本汉学家的名著，也有不少来自中国的文物考古图书。购得《晋唐小楷》（越州石氏本）《盛世滋生图》。又看见梅原末治《蒙古诺颜乌拉出土遗物》一部，喜不自禁，一看标价，七万日元，不免气短，却又舍不得放弃，于是同老板商量，先留起来，暂存两日。

梁兄也犯了同我们一样的错误,因此将近两点方至。同往不远处的一家中国料理(宁波菜)午饭。我提议此番为答谢午宴,由我们两家做东,感谢京都行梁兄的一路辛苦,大家一致赞同。餐馆虽号称宁波菜,其实是川菜的底子,麻婆豆腐、素炒土豆丝、烧茄子、炒虾仁,又点了四份"定食"(每份蔬菜沙拉一,海带清汤一,米饭一),一盘炒年糕,虾饺与春卷各六只。共费九千六百日元。

三点半饭罢,兵分三路:梁兄在书店街,王楠与小G往无印良品,我和志仁跟着史睿先去入住,然后往东大第一书店。入住很顺利,宾馆服务员先已把我们寄存的行李送到了房间。房间也是此行最为宽敞舒适的一处(房价合人民币八百余)。

按照梁兄查得的地址,步行往第一书店。走了又走,总算找到正确的地点,但此处却不是第一书店所在。旁边是读卖新闻的分拣处,留守在这里的三个工作人员帮我们确认之后,方悟到很可能是所查地址有误,只得悻悻然离去。

步行至神田神保町已是五点钟,乘地铁至大手町,然后换乘另外一线,在地铁里走了差不多有两站路才走到换乘车的站台,下车后与王楠和小G会合,出站后看到马路对面的一座高楼仿佛香十所在,再一回首,果然就是鸠居堂。

鸠居堂似乎是中国人常来的地方,有营业员能够说几句中文。购得几种信笺,不过已经没有十年前初至此店大为惊喜的感觉,甚至稍稍有点失望。

六点半钟离开,在门口坐上出租车返回宾馆(车费一千七百日元)。到对面超市买了酸奶、牛奶、冰激凌、香蕉、袋装沙拉用青菜，回到房间晚饭。

史睿帮忙查得天牛书店有《蒙古诺颜乌拉出土遗物》，售价四万八日元。

◎十一月四日（二）

房间里方便面为早餐。

九点二十分出发，中途史睿别去书店街，我们三人乘地铁往东京国立博物馆。到门口一看，却是竖了一面写着今日闭馆的牌子，真是莫名其妙。商量一回，决定赶快托枕书打听根津和出光两个美术馆的情况，选择开馆的一家。一会儿即有短信发来，道根津闭馆，出光开馆，并告知出光馆址在日比谷。

仍乘地铁前往。十一点多至日比谷。出站前先在一家快餐店午饭，每人一份"定食"：炸虾一只，有荷包蛋的面条一碗，半小碗米饭中点缀一撮咸菜，费640日元。吃得很饱。

出站即是帝国剧院，出光便是此座大厦中的一层。门票一千日元，不允许拍照。展馆只有一个大厅，因此只有一个"仁清·乾山：京的工艺"，除去角落里一个小小的瓷器标本室，其他展览都撤了。标本室中是三上次男捐赠的藏品，展柜下面的多层抽屉里放着故宫博物院赠送的各个窑口的瓷片。"仁清·乾山"以江户时代的日本器物为主，没有特别引人注目之物。不到一小时即结束参观。在小卖部购得一册《丝绸之路的宝物：草原的道·海的道》。

展厅与外墙之间有一个狭长的休息厅，免费提供茶水。外墙整整一壁落地窗，与宫内厅和日本天皇府隔水相望。在休息厅里坐了将近半小时，一点多离开出光，乘地铁往书店街与史睿会合。

在书店街逛了两小时，购得滨田耕作《东洋美术史研究》（三千日元）。

史睿往第一书店为王楠取书，我们三人步行回宾馆，在宾馆对面超市购冰激凌和酸奶，回到房间晚饭。

◎十一月五日（三）

房间里解决早饭。

九点四十分至大堂等候长老，原约好九点四十五分，但一直等到了十点。先请长老帮我们在酒店预订出租车，然后同往根津美术馆。乘地铁至表参道，出站后沿一条小街步行。长老说，这是一条时装街，两边商店里卖的都是名牌。走到街口，一带修竹作为围墙的所在，便是根津美术馆，不过走到近前，却见大门紧闭，原来又是休馆——自十一月三日起闭馆两星期。真是倒霉透了。

只好再往上野东京国立博物馆。仍乘地铁，出站后，长老说："我有个报社的朋友，上海人，也是到日本好多年了，听说我要和你见面，他说他看过你的书，很喜欢，想一起见一见,已约好在上野地铁站口碰头。"等了一会儿,就见马路对面过来一位瘦高个儿,染得一头浅黄色长发。"这位就是姜建强。""这名字好像很耳熟啊。"长老愣了一秒钟,道:"那是因为我常常向你提起啊。"大家轰然而笑。长老问我和志仁是否喜欢生鱼片,王楠说:"我喜欢,可他们俩都不喜欢。""那鳗鱼饭行不行?"王楠满脸高兴,说:"我喜欢。"想到不能再给王楠泼冷水,也就同意了。于是走到上野不忍池畔的鳗割烹伊豆荣,长老说这是一家老店。上到二楼,落座后,长老点了五份定食。不一会儿就端了上来:盛在漆盖碗里的大酱汤,小小一个青花碟盛着几苗泡菜,鳗鱼饭放在一个漂亮的漆盖盒里,米饭半盒,上面铺着四片鳗鱼。长老说,关西和关东烤鳗鱼的方法不一样,关西是剖背的,关东不剖腹。

饭罢姜建强和长老商量说:"我是第一次同扬老师见面,这饭就让我请了吧。"遂抢着付了帐(每份2060日元,又点了两瓶啤酒)。

与建强道别之际,他说:"你们明天去机场好像有点问题吧,等我打个电话,看我的一个朋友是不是能送你们。"电话接通,果然可以。大家一下子觉得轻松了。

沿着不忍池走向博物馆,不忍池中的荷花早已开过,惟见满池枯荷。

在博物馆广场外与长老握别。

临展厅里有日本国宝展,因此门票要1600日元一张。

国宝展分作两个展厅,进了第一展厅,迎面便是我们最想看的玉虫厨子——十年前曾在法隆寺看过,当日的展陈方式是特地把铺有玉虫的一小段置于放大镜下，此番却没有采用这样的方法，因此围着厨子转了几圈也没有找到。走出展厅，第二展厅几乎都是文书，看到两个展厅之间摆放的图录中有一幅玉虫厨子的局部放大，遂回到第一展厅，在相应的位置上终于看到影影绰绰的几点绿色，则即玉虫嵌物的残存了。

两点半从国宝展展厅出来，至东洋馆拍照，直到闭馆。这一趟日本之行，允许拍照的博物馆只有这一处。日本的小器，令人无奈。

从展厅出来，在水池边与王楠会合，乘地铁回返。在超市购得青菜和酸奶等，回到房间晚饭。

◎十一月六日（四）

三点钟起床，打点行装。五点十分退房，姜建强的朋友于江已经到了。成田机场距市区九十公里（因为东京附近没有平地），六点二十分至机场门口。

登机手续七点钟才开始办理，只能远远站在拦线外排队。七点钟准时开始，十分钟就办好了，走到安检口，却又是七点半才放行。开始后，几分钟通过，然后出关，至商场购得小王王购物单中物。八点二十分开始登机，五十分准时上跑道，九点起飞。

二〇一五年

十月卅一日—十一月五日

★ 东京

♠ 千叶

● 京都   ◆ 爱知

　　　　🔔 滋贺   ▫ 静冈

■ 兵库 ◆ 奈良

　　☆ 大阪

　　▲ 和歌山

● 冲绳

第六十七回正倉院展入场券及图录　扬之水藏

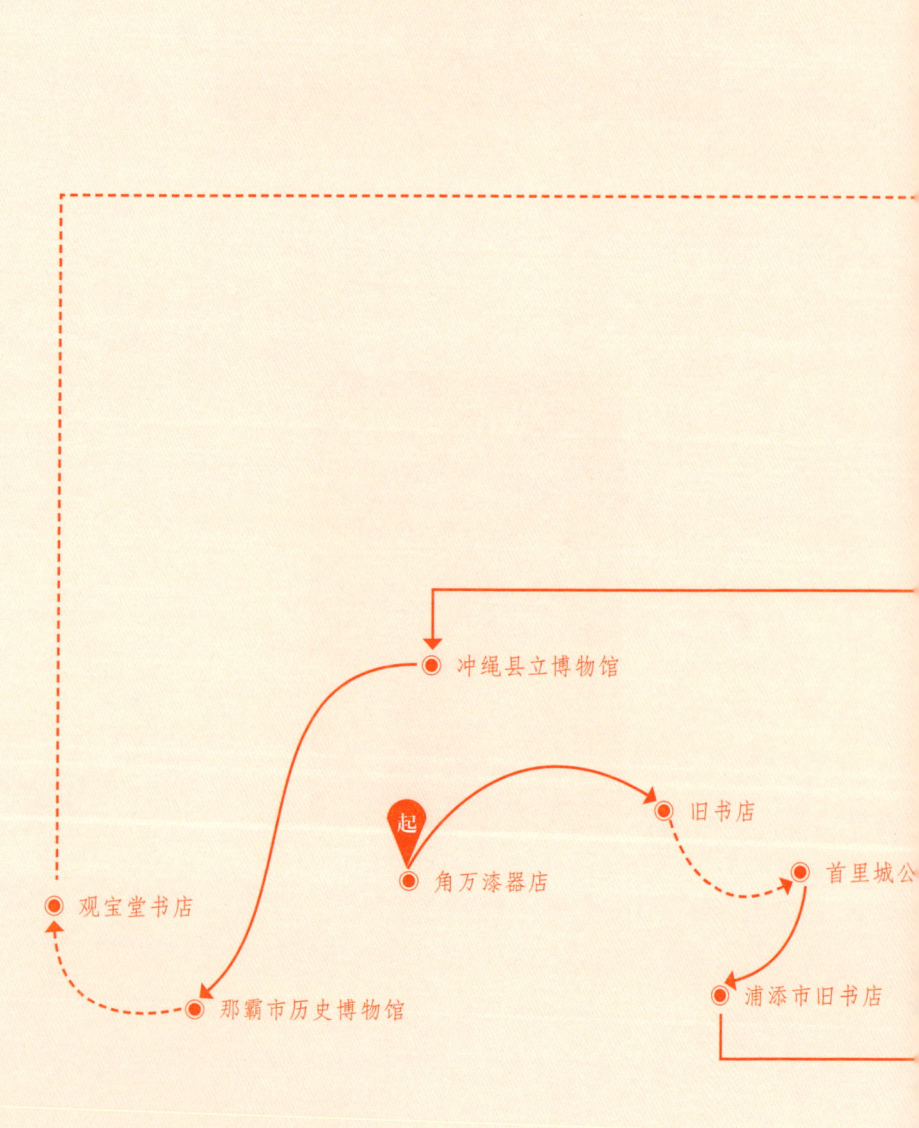

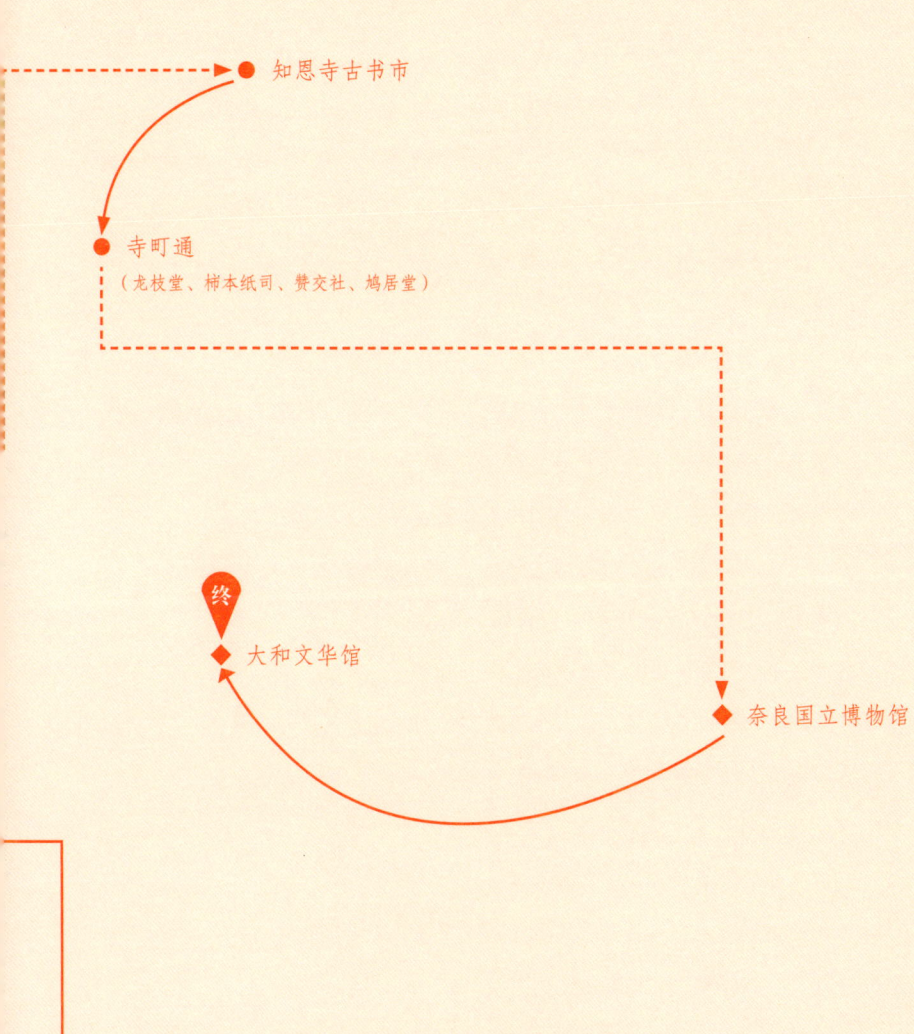

◎十月卅一日（六）

　　五点半出发，与志仁、小航、小王王、杜朝晖同往机场，半小时到，小王王开车回家。一行四人不到一小时即办好一应手续。七点五十分登机，虽是"三三"式座的小飞机，但仍未满员，因此我们四人每人占了三个座。八点二十分准时上跑道，不过在跑道上排队半小时才起飞。飞行时间三小时，到达琉球那霸机场是当地时间十二点四十五分。人走出来，行李也到了，出门坐上出租车，很快就到了苏枕书代为预定的红色星球酒店。但要到三点钟才能入住，于是寄存下行李，步行往书店。

　　这里的气温像初夏，换上长袖衬衫，走在大街上有海风吹着觉得很适宜：凉爽而不潮湿。

　　途中经过一家角万漆器店，招牌上写着"琉球最古的老铺"。店铺不大，只有两个营业员。看了看陈列，觉得都挺可爱，遂选了一件小小的瓜棱香盒（一万七日元，合人民币八百五）。

　　继续前行，路口拐角处一家星巴克的对面便是"国际通道"，进入通道，里面如河湖港汊一般，每条小巷的两边都是店铺，发卖衣服鞋帽，各种工艺品和各类食品。所要找的书店却是转来转去找不到。小王王"攻略"中列出的花笠食堂倒是几番出现在面前。小航说干脆先吃饭吧。坐下来，已是两点钟，食堂里还是有不少就餐的人。点了三份八百元的定食，一份一千一百元的定食，有炸虾、炸鱼排、炸鸡排、炸猪排、苦瓜炒鸡蛋、豆饭、红豆沙、面条，东西不多，式样很丰富。苦瓜是列入大众点评的菜，确实是人人可以接受，因为不苦。红豆沙也不错，只是太甜。

饭罢继续找书店，问来问去，总算找到一家，这时候小航才弄明白，原来贴在一处广告栏上的书店地图是反方向的标识。这一下三家旧书店就都找到了。第一家最小，两个人进去转身就有点困难了，这里的旧书以琉球历史文化为主，选得五种。另一家除了旧书之外，尚经营其他。地下的两个纸箱子里放了台版书，多是《中国海洋发展史论文集》，选了其中的第九辑（合人民币一百元）。

四点半离开，归途再过角万漆器店，又进去看了看，忍不住又买了一个漆碟，一个堆锦盖碗。小杜买了八音首饰盒和几枚小镜子。小航忍不住也给小王王买了一个八音首饰盒（一万六日元）。

出门走出几步，大家想想觉得东西不贵，好像还可以再买几样，于是又折返回来，把两个店员吓了一跳，弄明白后，一起都笑了起来。接着又选了一个莳绘茶盒。

六点多回到酒店登记入住（每晚人民币五百多）。房间非常小，很像是国内的快捷酒店。

放下行装，出发往那霸历史博物馆。步行二十分钟，至一家八层楼的商场，原来博物馆就在商场的四层。却是七点钟闭馆，门口贴着告示：禁止拍照。

出商场，跟着小航去找攻略中的日式餐馆，兜了一个大圈，竟是找不到。只好再返回商场，在地下一层的一家名作月苑坊的"粥棚"晚饭：四碗粥，每碗八百八日元。海老粥二，翡翠粥一，药膳粥一。

◎十一月一日（日）

在房间里吃下从北京带来的鲍师傅甜点（豆沙蛋黄酥），加一杯咖啡，算是早餐。

八点二十分出发，请宾馆叫了一辆出租车，四人同往首里城公园。二十分钟开到首里城的山坡下面。刚下车的时候周围还没有游人，不一会儿几辆旅游车开过来，团队就出现了。

首里城系沿山而筑，曾几经损毁，二战时遭受炮火几成废墟,现在的城是九十年代的复原工程。过欢会门至瑞泉门下,石阶旁边有一眼清泉名龙樋,周围立了七通石碑,都是中国人的题刻。

从守礼门、欢会门一路走上来直到王宫前面都是免费的,进王宫要购票,每人八百二十日元。从南殿入口,入口处每人发一个塑料袋,要求脱了鞋自己用塑料袋手提,里面多一半的地方不允许拍照,虽然各种陈设都是复制品。中有一个王朝文化遗产展示厅,陈列了一件巨型黑漆螺钿二龙戏珠盘。在商品部购得《首里城:古琉球王国》。

从首里城出来,坐出租车往那霸之外浦添市的一家旧书店。购得《古代东亚装饰墓》(町田章)《琉球王国的秘宝:冲绳特别展览会》《古琉球王国辉煌风貌展》《浦添市博物馆藏琉球漆艺》、陈侃《使琉球录》。

出了书店,仍坐上出租车,往冲绳县立博物馆附近的一家和风亭午饭。这家生意极好,门口坐了一排等位的客人。十二点半钟领了号,二十分钟后有了空位。每人点了一份定食之外,又要了一盘寿司。费三百七十余元(人民币)。

一点半饭罢,出门走不多远就是博物馆。门票每人九百七十日元。先参观通史陈列,这里的展品部分可以拍照,却是在每一件展品的说明牌上作出标记。工作人员的看管很尽职,凡不可拍照的,总是及时走过来禁止。

然后是特展"琉球弧的葬墓制",整个展厅都不允许拍照,因此很快就看完了。

从博物馆出来,坐出租车回到宾馆,放下书,再步行往那霸市历史博物馆。大街上汽车不太多,行人更少。

博物馆门票每人三百五十日元。两个很小的展厅,都不允许拍照。一个是工艺品陈列,一个是邮品中的那霸历史。不到二十分钟就看完了。

步行至国际通入口处,在一家雪盐产品专卖店看见有雪盐冰激凌,于是买了三支坐下来吃,行前小王王告知这是当地的特色食品,不过一口咬下去是浓郁的奶粉味道,雪盐自然是尝不出来,唯一的好处是不太甜。这家小店旁边就是一家药妆店,小航和小杜进去购物,我和志仁在这里坐等四十分钟,观看过往的行人。琉球的本地人长相接近东南亚人,肤色偏黑一点儿,眼眶稍长,眼窝稍深。

继往观宝堂书店,跟着导航走到目的地,书店已经关门。再步行找到另一家,进去转了一圈,无所获。待找到第三家,却是门口贴着已经迁址的小告示。

回到宾馆,志仁、小航和小杜出去到拉面馆晚饭,回来大呼上当。

◎十一月二日(一)

早餐如昨。

九点半退房,存了行李,然后出发再往观宝堂书店。

顺利找到地方，十点钟开门，眼下还差七分钟。转头一看，马路对面有个福州园，看样子像是为冲绳与福州结为友好城市而建。是无料的。入门有一面砖雕影壁，转过影壁就是一个池塘，塘边堆叠假山，山顶有亭，山间泻下人工瀑布。池子里鱼游无数，还有几只巴西龟。不一会儿进来几拨团队，小小的园子立刻嘈杂起来。我们刚好也转了一圈，于是赶快走出来，观宝堂也开门了。

店家是一对老年夫妇，原来是以古玩经营为主，可以算作书的只有几种图录。选了莳绘和首里城各一本（共四千五百日元）。正准备付钱，却见男主人从后面取出两个盒子，打开来，是两件日本漆盒亦即日式茶叶罐。其中看起来比较光鲜的一件，用作包装的木盒上墨书制作者的名字，主人说是九十年代制品。另一件颜色稍暗，乃梨地莳绘，主人说是一百年前的制品。前者售价八万日元，后者八万五。想到正在准备写作的杂项卷有日本莳绘一类，有件实物放在眼前会比较有感觉，志仁说：只要你喜欢，就买。请小航讲价，主人道：书就送给你们吧。于是买下。

十点半出来，返回宾馆。途中在路边一家小馆午饭，每人一份定食（我要了一份苦瓜的），又另外点了一份豆腐（三百日元）。共两千八日元。豆腐是甜品，大概加了花生，很韧，口感劲道。

十一点半回到宾馆，在门口坐上出租车，十几分钟就到了（1220日元）。很快办好登机手续（先领登机牌，然后再排队托运行李），十二点半就到了登机口，乘全日空往大阪。原应两点十五分起飞，但晚点一小时。升空时已将近四点。两小时的飞行过程中，只提供一次免费饮料，如需用餐，可以点，不过是付费的。

五点二十分降落伊丹机场，出门即看到预订接机的司机，我们四人之外，还另有五人同坐一辆车（每人两千三日元）。一小时开到京都，送了两个人之后，就是我们的京大清风会馆门前了（七点半）。办理入住有点费事，值勤的老师傅一句英语不懂，小航和他比划半天，最后总算弄明白，这里是按床位收费，史睿虽然没来，但他的床位费不能少。不过加上他的床位费，每天也才不到三百块人民币（共53250日元，我们的是23880日元；小航是9930日元；杜是19440日元）。于是痛快解决。只是苦了小航：我和志仁一大间，杜朝晖是稍小的一间，小航的一小间则为只有一张床的斗室。

一会儿苏枕书也从学校赶来了，大家一起到附近的一家面馆晚饭。我要了一份最简单的荞麦面（450日元）。饭桌上，苏枕书把未来两天行程的路线图细细画出。

饭罢回到会馆已是九点钟。房间之宽敞有类于曾经住过的同志社大学招待所，虽是一个房间，却是用一个电视柜和一个食品柜隔作起居与会客两个空间。在日本难得有如此舒适又如此便宜的旅馆，原是史睿托了京大的老师代为预订。

◎十一月三日（二）

早餐如昨。

八点钟四人在我们房间集中，小航和小杜结账。八点半他们三人出发往鸭川转了一圈，一小时归来，再一起步行往知恩寺古书市。昨晚苏枕书说今天是书市最后一天，已经没有什么可买的书，结果只转了两三家，买下的书就拿不动了。书价实在太便宜，本来已经是降价书，买够五百日元，再打对折。一厚册彩印图录人民币不过二三十块钱，简直像白拣一般。购得《明末清初私人海上贸易》(林仁川)《何逊集注·阴铿集注》《国色天香》(以上三本共五百日元);《庞贝的辉煌》《俄罗斯的秘宝》(以上两种五百日元一本);《正仓院展》(平成九年)，又有波普《波斯艺术综览》中的图版册之一，一本《大航海时期的地图》，都是合人民币二十多块钱。

明知已经到了极限，但嘴里说着走吧走吧，脚下却是迈不动步子。一个人去交款，另外三人又忍不住把眼睛溜来溜去，结果又是一轮交款和选书的循环。

十二点钟终于从书市出来，到百万遍街口一家北海道餐馆午饭。每人一碗蔬菜面(八百六十日元)，端上来才知道是结结实实一大碗。小航又另外单点了一份清炒蔬菜和一份煎饺。这是几天来唯一的一次蔬菜"大宴"。

饭罢把书放回会馆，一点四十五分出发，乘17路至市役所。市役所门前广场熙熙攘攘，原来正在摆摊卖旧货

（以衣服为主）。拐进旁边的小街，依次到了龙枝堂、柿本纸司、赞交，各店都买了几样。柿本纸司买的是以竹久梦二画作为图案的一套明信片和两套小信笺。

继往对面街里的鸠居堂，转了一圈未见可意者。

再乘32路往银阁寺。门票每人五百日元。里面游人甚多，每次都是同一个季节到这里来，已经没有新鲜感。半小时一圈转下来，然后在商品部购得信笺一种。

走到17路车站，等了一会儿不见来车，志仁提议步行，大家一致同意，二十多分钟走回会馆。在房间里"自助晚餐"：点心加咖啡。

◎十一月四日（三）

早餐如昨。

七点钟出发，按照苏枕书画好的路线图往奈良：步行至出町柳站，先买了一日通行的地铁票，然后坐车至丹波桥，换乘急行至大和西大寺，再换乘一趟至奈良。出地铁，已是八点三十五分。走到奈良国立博物馆门口，看到等候入场的队已经排了很长。这时候站在路边的两位中国人过来对我们说："我们买了团体票，但是规定必须二十人，还差一个人，和我们一起进去还不好？团体入场可以不排队。你们如果跟着这个队伍入场，要排两个小时还不止。"于是跟着她们走到团体的入口处，谁知司机去停车了，偏偏博物馆的工作人员坚持要等人齐了才能够放大家进去。等了又等还没来，而那边的入口处已经放人，很快就进去了一大半，真是急死人。此际忽然团队中过来一位叫着"扬老师""没想到在这儿遇见您，真是太巧了。我前不久在故宫学校还听您的课来着。"接着一位女生说："啊，原来是扬老师，我是王亚雄的学生。"不过急着想尽快入场，也没顾得寒暄，只是催问能不能赶快放我们进去。最后总算是等来了去停车的司机，才放我们入场。

前天晚上苏枕书说今年精品不多，因此参观的人很少，进去一看，似乎人比往年都多，每一件展品前都挤满了参观者。一会儿孙净也到了，她带了一个微型望远镜，可以勉强看到局部细节。

十一点十分结束参观，买了一本图录，一册正仓院挂历和两组正仓院邮票。

地铁旁边一条食品街的小餐馆午饭。亲子饭，六百日元。

乘地铁在学园前下车，过马路前行不远就是大和文华馆（一点钟到）。和传达室的人说了找泷朝子，于是直接走进去。一会儿泷朝子迎出来，手里拿着所看文物的单子让我在上面签了字，然后又走进去，再出来的时候，便带着我们进库房了。保管员打开库房门，待泷朝子取出文物，再把门关上。

先看那一件金花银穿心盒。手心大小的一枚，子母口,以打制工艺作出上下起突的空心也是子母式,盒子扣合的时候上下起突的空心便也同时套合。

金花银狩猎纹高足杯一。虽多处锈蚀,但鱼子地上山间草坡骑乘射猎的纹样尚能大致辨出。

金花银缠枝花鸟盏一。保存状况非常好,鱼子地很规整,纹样凸起甚高,外盏底还在鱼子地上打出一朵三重放射的四瓣花。

缠枝花鸟银高足杯一。造型、纹样和工艺,特别是花鸟的细部处理,都是很典型的唐代风格与特色。

人物图小银盒一。盖面中心是鱼子地上打出的一个羽人,头顶高髻,两耳尖尖耸起在两边额角,肩膀后边张出硕大的双羽,腰间系着的带子飞扬在两侧。口沿一圈六只姿态各异造型朴拙的飞鸟。盒底錾刻两个人,似是一男一女。

最后是一件辽代金花银扁壶。壶身主体是铜制,上下和两侧包银,两面的鎏金对凤衔花是另外做好贴焊上去的。

两点一刻结束观摩。继往展厅参观明清苏州画家绘画展,又是不允许拍照。有几幅仇英的作品绘各种物事甚多。泷朝子送了一本展览图录。在小卖部买了两种小信笺,是选了馆藏文物中的八种纹样,配成两组四季题材。

在学园前坐地铁,一站至大和西大寺,换乘急行至丹波桥,再换车回到出町柳。五点钟回到宾馆。

约了苏枕书一起晚饭,志仁在宾馆门口的报架上意外看到关于苏枕书《京都古书风景》一书的宣传报道，大家高兴了一番。

步行至百万遍京大对面每年来至少就餐一次的小饭馆，点了四个锅，三份蔬菜沙拉。三千三百余元。都觉得只有这一顿吃得还算舒服。

◎十一月五日（四）

早餐如昨。

八点多打好行李，到楼下大厅交了钥匙，八点二十分苏枕书如约而至，十分钟后预订好的车子来接，遂与苏枕书握别。

车里已经坐了三个人，司机又接了一位之后，即开往大阪关西机场。十点半到。

十一点十分才开始办理我们这趟飞机（CA928）的登机手续，只好耐心等候。手续办得很快，不到一小时就都办好了。于是小航按照小王王的购物单去购物。

飞机晚点将近一小时（原定起飞时间是一点四十分），北京时间四点半降落。出机场五点半，杜朝晖坐机场大巴直接往西站。小王王提前把车开到机场地下停车场，然后回单位"刷脸"。正是下班高峰，开到家已是七点钟。

二〇一六年

十月廿九日—十一月三日

★ 东京
♠ 千叶
● 京都　◆ 爱知
■ 静冈
⬟ 滋贺
■ 兵库　◆ 奈良
☆ 大阪
▲ 和歌山

● 冲绳

第六十八回正倉院展入场券及图录　扬之水藏

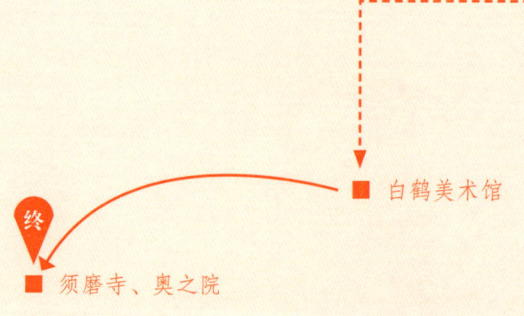

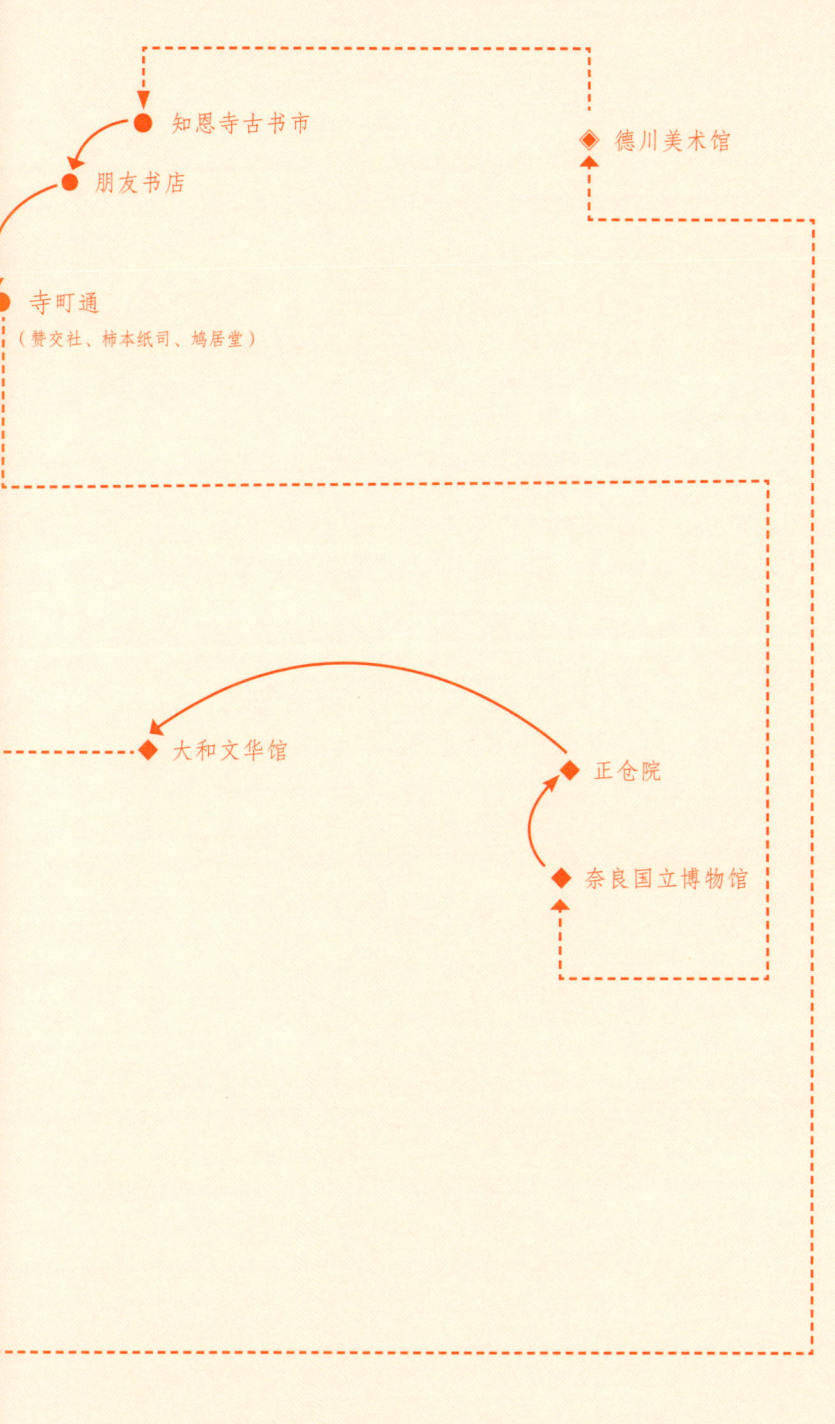

二〇一六年

◎十月廿九日（六）

　　清晨五点半钟，杜朝辉坐着预定的出租车到了家门口，与志仁一起出发往机场。路上的车辆已有不少，不过还算行驶顺畅，六点五分到机场，五分钟后王楠也到了值机柜台，排队的人不多，很快就到了跟前，然而意想不到的情况出现了：办理登机牌的姑娘说，除了我之外，本架航班（CA927）中没有他们三人的名字。王楠赶忙给订票的携程打电话，原来是他们工作疏忽，往返机票均未确定日期。虽然携程承诺补偿，但飞机上不去才是大问题，幸亏这趟航班还有空位，急忙到国航售票处补办手续（补交手续费七千余元），前后整整耽误一小时，算是有惊无险。一应手续办好，走到登机口，已经开始登机了。原为八点四十分起飞，关闭舱门后，在跑道排队等候，十点钟方才升空。

　　当地时间一点钟降落关西机场，领取行李之后，出来就看见等候在两厅之间一个空中桥边的梁基永。一起坐火车至难波，一小时到。下车后梁基永和王楠打开导航商

二〇一六年

议下一步的行动路线，不过并不顺利，最后决定先坐地铁往梁基永的旅馆寄放行李，然后往博物馆。梁基永定的是一家民宿，房间逼仄，层高大概只有两米，地上有榻榻米，也预备了一张折叠床，房价七百余。放下行李后，仍坐地铁，出站行不远就是傍水而建的大阪市立东洋陶磁美术馆。四点一刻进门，门票一张八百日元。仍是不允许拍照。目前举办的一个特展是"朝鲜时代的水滴"。此外的常设展分作中国、韩国、日本三部分，每个展厅都很小。中国部分的宋代展厅很特别，整个展厅都是天然采光，即每个展柜的上方都有天窗，天光投射下来，正好照亮展品。一件银釦定窑印花双凤衔花纹盘制作甚精，银釦极规整，不知是否经过修复。五点钟结束参观，在售票处旁边购得《东洋陶磁的美》。

坐地铁返回梁兄的下榻之处，在地铁站口与他的旅伴小潘会合。先一起在烧肉酒家晚饭，顺便结算今天的花销（梁基永垫付），连同晚饭，每人三千四百元。我和志仁各点了一份"名物 biangbiang 面"，原以为是陕西风味的一大碗热汤面，谁知却是朝鲜冷面式的一盘，周围码了一圈朝鲜辣白菜。又点了一份"人参",梁兄说是萝卜,端上来,才知道是切成细条有数的几根生胡萝卜,配了一撮沙拉酱。问起小潘的求学经历,她说曾在浙大古籍研究所,那么是杜朝晖的同门啊,一说,果然是的,而且此前还有过同行的经历。"怪不得看着眼熟呢",小潘说道。

饭罢至梁兄处取行李,然后再一起乘地铁同往堺筋本町。登记住宿后,已是八点钟。房费24300日元,大约十二平米的小房间,层高两米多一点有限。虽然各种设施俱全,却也太逼仄了。

志仁去附近超市买了蔬菜汁和牛奶。

◎十月卅日(日)

仍是三点半起来,在房间里吃了带来的康师傅蛋黄酥,一杯牛奶咖啡,算是早餐。

九点钟王楠得到梁兄的消息,说车已经提前拿到了,他马上出发来接我们,五分钟之后到,于是赶快退房。可是一直等到十点也不见踪影,接着又是梁兄的消息,说大阪市今天举办马拉松,范围就在我们下榻的中心区域,因此四处封闭,他无论如何也绕不过来。遂与服务台联系,请他们帮忙叫出租车,一会儿服务生告知,出租车为马拉松的缘故今天停运。只好再去乘地铁。在樱川站下车出站,正好看见马拉松的队伍。梁兄派了小潘过来接我们,穿过几条街道,总算胜利会师,此际已是十一点钟。虽然坐到车上,却仍是上不到高速,不得已向着马拉松的相反方向远远开去,直到完全避开封路地段,十二点半钟方才上了高速路。大阪距名古屋197公里,折腾半日,走了不到二十公里。

中途在一家名作"逢坂山"的鳗鱼店午饭,招牌上特地注明"庭园式座席",原来是在两条公路之间一个小土坡上经营出来的草木茏茸。小,便见得花木之密,每个小屋周围都以花木缭绕,又得了一股山水,于是园子里流淌一线迷你小溪,水里养了几尾鲤鱼。每人一份"特重"鳗鱼饭(每份2700日元),落座后,一人给上了一杯樱花茶。看着尚可悦目,喝起来,不过是盐水,此外无他。共费19245日元,仍是六人均摊。

一小时饭罢,继续前行,直接开到德川美术馆,已是四点五分。同昨天一样,又是一日奔波,只为了"黄金一小时"。门票一千二(六十五岁以上一千)日元。主展厅里是"德川将军的御成",同样不允许拍照,只能匆匆走过。蓬左文库展示馆里有数件中国漆器,还有琴棋书画图中的两幅,其中一幅的下方有烹茶场景,矮足案上放着一个撇口盆,盆里一柄茶筅,案旁一个茶碾,一个小风炉,炉上坐着长流的汤瓶,瓶盖的钮似乎纹饰很复杂,不过看不清楚,一人蹲在风炉前面挥着团扇。来不及细看,已几次被工作人员提醒要闭馆了，只好出来。

出门之前，在门口的售书处购得《唐物漆器：中国·朝鲜·琉球》《德川将军的御成》《室町将军家的至宝研究》。出门后，站在高台阶上，正对着一片火烧云，已是夕阳西下。

梁兄建议在名古屋吃饭，于是按照导航开到一条大街的街口，一座小楼每一层是一家餐馆。先在四层的涮锅落座，但这里不能零点，只能按份，再三交涉也不能通融，于是起身到二层的一家烧烤店。进门便是呛鼻子的烧烤味道，在这里吃饭的几乎全是年轻人，还有人抽烟。我们四人各点了一份蔬菜沙拉，小潘点了一份青菜豆腐，梁兄要了一份烧鱼饭。我的一份沙拉很快端上来，他们三人的却是催了又催半小时之后才上。梁兄的烧鱼饭最早端上来，却是生的，下边带着火，放在餐桌上且待炊熟。结果大家都吃完了，饭还是半生状态，不过锅底部分已经有点儿焦了。把服务员叫来看了几次，仍说要再等十分钟。"我这儿是炼丹哪"，梁兄说。

饭罢已是七点钟，在不远处的超市买了明天的早餐，然后往京都。至清风会馆，已将近九点半钟。约了苏枕书来帮我们登记入住。赖史睿帮忙，与志仁一起又住上了去年的那间大房子。

◎十月卅一日（一）

仍是房间内简单早餐。九点半四人一起出发往古书市。

昨晚苏枕书说今年已经挑不出多少好书，到这里一看，果然如此。挑了两本中国历代春宫画，此外就没有什么可买的了。十一点半，志仁接到苏枕书发来的微信，说已到餐馆门口，于是我们也往外走，在路过的一个书摊停了一下，王楠发现一本德川美术馆《名品目录》，翻了翻，其中正有昨天只看到两幅的琴棋书画一组四幅。王楠便让书给我了（一千日元）。

在每年共饭的餐馆门口与苏枕书会，每人要了一份"锅"（饺子锅、鸡锅、猪锅、海鲜锅），费 3900 日元（志仁做东），吃得很舒服。和苏枕书说起想买原版《清俗纪闻》，她马上用手机在网上查了一下，说她住所对面的朋友书店就有，售价 64800 日元，可以陪我们一起去看看。

饭罢跟随枕书步行至朋友书店，书店老板已经把书拿出来了：线装，一部六册，宽政十一年（一七九九）新镌。翻开一看，虽然也是线图，但比中华书局译本的质量好得太多，当即买下。

在京大门口与枕书相别，然后回到清风会馆把书放下，再乘 17 路至市役所。下车，行至马路对面的一条街，走不远便是赞交，不过信笺没有多少新品种，只拣得三两种。再往柿本纸司，喜欢的也不多，随便挑了几样。走出这条小街，继往马路对面的鸠居堂，也选了几个。接着步行到河原町三条的一家百货商场，志仁与杜朝晖到楼上买保温杯，我和王楠在楼下看文具。买了几支笔尖极细的彩色圆珠笔（三支笔，六支笔芯）。等到五点多，志仁和小杜才下来。先到一楼办理退税，然后到对面一家快餐店晚饭，每人一碗面。共费1500日元。

饭罢仍坐17路至出町柳站，下车后在超市买了明天的早餐，步行回到会馆。

◎十一月一日（二）

早早起床，草草早餐，便是在房间内等着梁兄约定的出发时间：八点半。他说在网上查了，半小时可到奈良，明明知道至少需要一个半小时，但也不好坚持，也就算了。

八点半钟等在路口，十分钟后梁兄到，先导航定位，然后出发往奈良国立博物馆。与我的预测完全相同：费时一个半小时。停好车，已是十点一刻。好在等候入场的队伍不是很长，买票之后（票价1100日元）十分钟就进去了。不过展厅里人一点儿不少，每个展柜前面都是人头攒动。与往年相比，今年的展品不大精彩，主角就是一件银平脱漆胡瓶。此外有笙一、竽一、仙人骑鹤镜连镜匣、黄牙彩绘把紫牙拨镂鞘金银装刀子。

十二点半结束参观，在小卖部购得图录和挂历各二（拟呈赠师各一），鸟毛屏风围巾三件（拟赠梁爽、刘晴、铁英）。出博物馆门，与刚刚买好门票的史睿短暂一会，他是今晨从东京过来，与他同行的还有一位东洋大学文学部准教授西村阳子。

继往博物馆对面的一家小餐馆午饭：五目炒饭四份（梁兄、王楠、我和志仁），辛高菜炒饭一（小杜）、蛋包饭一（小潘），每份都是一千。五目炒饭原来就是简体版扬州炒饭，辛高菜炒饭便是雪里蕻炒饭。席间梁兄以昨晚写就的一幅自书词持赠。

王楠想再去看看正仓院，于是梁兄先到车里休息，我们几人步行前往。与前年的情况一样，阳光从木仓的背后照过来，无法拍照。驻足片刻而返。两点半回到车上，继往大和文华馆。传达室的人给泷朝子打了电话，然后请我们进去。大厅门口站了一位女子，说请我们先看展览，稍后泷朝子就会过来。原来泷朝子就在展厅，正在给几个参观者讲解。

过了一会儿，泷朝子抱了六本《吴越国》展览图录走来，送我们每人一本，于是为王楠索得去年的特展图录一册（原打算买一本，请她帮忙打折，但她说不必买了）。然后带我们看了几件展览中最重要的几件展品：大东急记念文库藏《应现观音图》(有"天下大元帅吴越国王钱俶印造"款),京都清凉寺藏版画《弥勒菩萨图》(有北宋雍熙元年款、雕制及供养人款),又出自清凉寺如来木像胎内的北宋雍熙二年线刻镜。

今天看展的观众似乎比往年所见多了不少,泷朝子说,今天是免费开放日。

四点半结束参观,返回京都,同样费时一个半小时。在出町柳下车与梁兄作别,在超市买了方便面之类,回到会馆。约了苏枕书来,请她帮忙邮购《北京风俗图谱》,并交付书款。听她讲到京都的城市垃圾处理方式,颇多感慨,真希望中国能够早日付诸实践。

◎十一月二日(三)

早餐如昨,之后便是漫长的等待:梁兄约定的八点四十分。

八点四十分至路口,九点钟梁兄到,小潘之外,还有一位男生是他的师弟郭鹏飞,正在做京大访问学者。

十点十分至白鹤美术馆,田林启出来相迎,与他在一起的还有一位主任学艺员海原靖子,寒暄之后,又见了馆长清原修。问正在举办的"大唐文化展"是否可以拍照,答曰"没有其他观众的时候就可以"。

进展厅后,工作人员说不能拍照,只好又把田林启请出来。起初一有人进来就赶快停止拍照,不过观众虽然不多,却总是一个两个的不间断,如此几乎无法举起相机,于是每有人进来,田林启便走向前去说明我们是研究人员,在这里工作。因索性一直陪同到底。

特展依然是楼上楼下两个展厅,主要还是本馆收藏,不过用了专题的形式。有一件"镀金念佛厨子",田林启说是为办这个展览在库房里发现的,不清楚此物应属哪个朝代。从纹样看,唐物的可能性更大一些。又有一件莲瓣纹盏,盏心打作龙戏珠,田林启问:这是唐代的吗?答曰:时代似乎要晚一些,至少不是唐代的典型纹样,而更偏向辽金。

十二点半结束参观。馆长送出来,并以馆藏图录和特展图录分别持赠一行七人。大家在博物馆门口合影。

下山,在山脚下一家名为和乐的餐厅午饭。与志仁各点了一份素食(每人2300日元)。一个托盘,里面各式小碟小碗小盂小勺,内置不同品种的"一口食",除了我不吃的生鱼之外,大多没滋没味叫不上名称。日餐主要为满足视觉,相对于"舌尖上的中国",它是"眼球里的日本"。

饭罢两点钟,继往须磨寺。虽是"无料拜观",却游人很少,停车场的取牌机上都结了蛛网。从山下转到山上的"奥之院",山顶一处瞭望台,台上一方石碑,碑心一个圆孔,上下有字标明它是"高野山奥之院遥拜所",即从孔洞里遥望高野山,隔海遥拜。再回到山下的宝物馆,小小一室,陈列品不少。其中的两枝高丽笛似乎是源平合战的遗物。旁侧还有一间须磨寺石头艺术展室,每个橱窗一组石人,或讲述须磨寺的历史(再现源平合战的场面),或是日本古典名著,如《枕草子》《源氏物语》中的人物和场景;或是日本著名作家,如松尾芭蕉、正冈子规(两人均曾来过这里)。有的还有动画效果,如源平合战。

四点多出来,返回京都。在入神户城的高速路上"寸行"半个多小时,方才离开拥堵。六点半至出町柳,下车往超市,购得早餐及午餐。

回到宾馆后,苏枕书匆匆赶来:非常运气,昨天下午快递的《北京风俗图谱》居然今天上午收到了(合人民币一千五百多)。

◎十一月三日(四)

早餐如故。七点四十五分退房,三人坐在大堂等候王楠,却是八点钟还没有下来,上去敲门,原来梁兄发来短信说起晚了,要我们八点二十分再出门。继续坐等至八点半,一起走到街口,继续等候至九点钟,梁兄到,小潘抱歉说退房时房间钥匙拔不下来了,因此折腾半天。

十点十分开到大阪租车处,十分钟办好还车手续(租车费为五千五百人民币，过路费一万多日元）。大家均摊了。

  一路都听梁兄说他的飞机是三点二十五分起飞，那么还早得很，他说把你们送到南海铁路售票处，然后我寄存行李，在大阪逛一逛。行至售票处，已是十点五十分，梁兄说索性我把火车票也买了罢，待我再确认一下起飞时间。拿出车票一看，大吃一惊，原来是十三点二十五分起飞，比我们还早十五分钟。于是迅疾加买一张，五人一起冲上十一点五分发车的急行。三十五分钟至关西机场，半小时办好一应手续。一点四十分准时起飞。

二〇一七年

十月卅一日—十一月六日

★ 东京

♠ 千叶

● 京都　　◆ 爱知

🔔 滋贺　　　　□ 静冈

■ 兵库　◆ 奈良

☆ 大阪

▲ 和歌山

◉ 冲绳

第六十九回正倉院展入场券及图录　扬之水藏

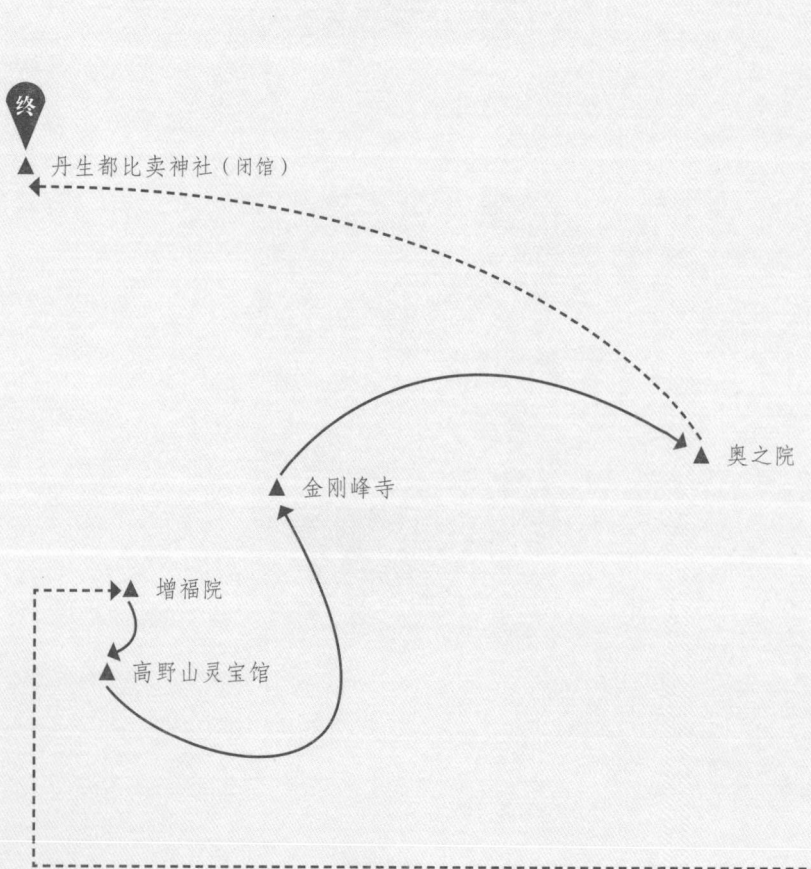

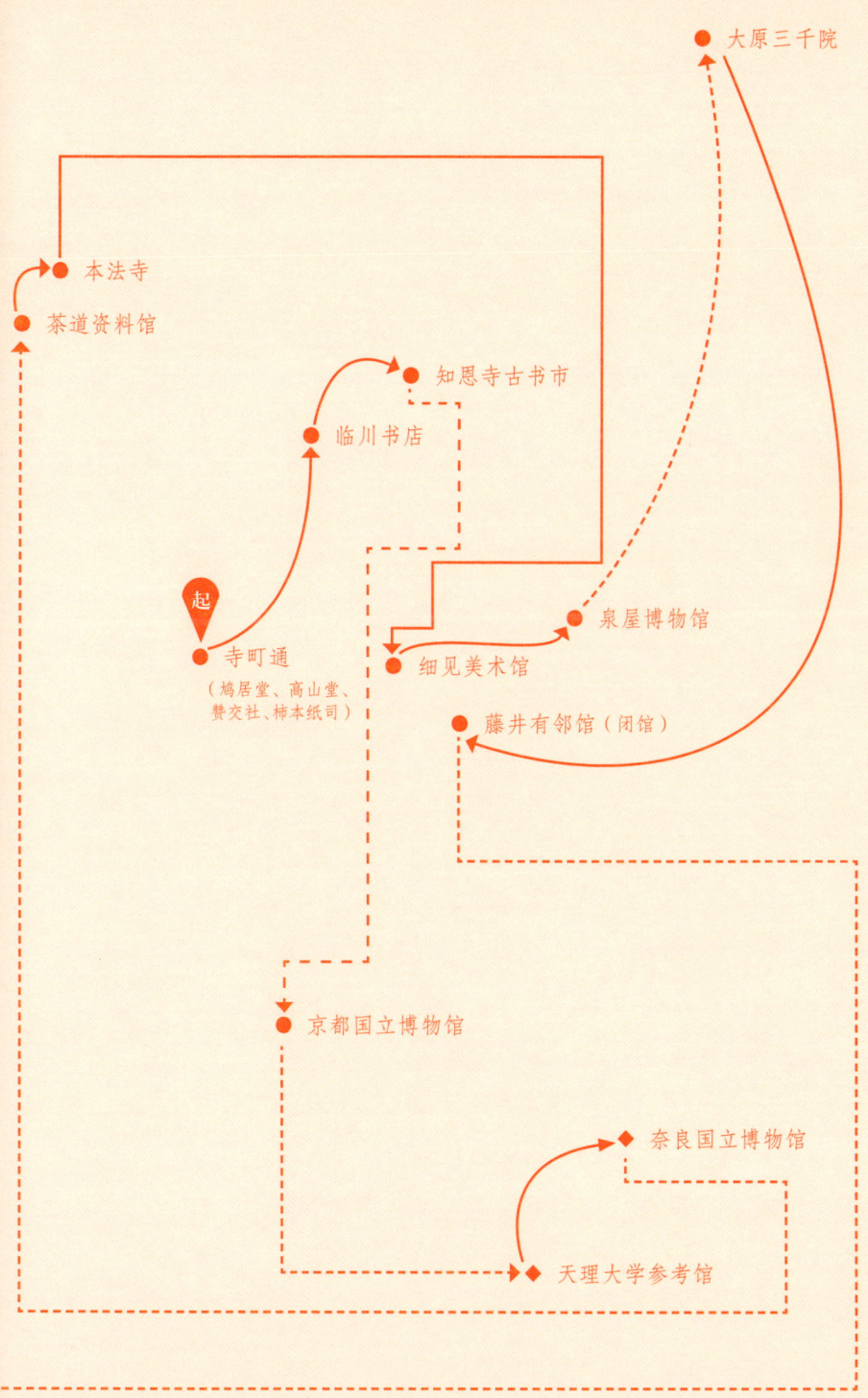

◎十月卅一日（二）

早五点四十分出发，与志仁一起坐上首汽约车往机场，三十五分钟到。王楠和史睿已经领好登机牌，人不多，我们也很快办完，然后一起安检。

八点十分登机，在跑道等候四十分钟，九点半升空（原为八点四十分起飞），十二点四十分（日本时间）降落关西机场。出来后买了大阪到京都的高铁票，一点四十四分发车，三点钟抵达京都站。出站后坐上出租车，史睿递给他旅馆名称，司机却不知道在什么地方，打了电话之后才好像明白了。开到一个路口停下来，意思是就在附近，并指给我们方向，下车后走了一段路，似乎不对，进了一家美术商店问路，原来就在旁边——门脸太小了，挂着两片印有鲤山图案的布帘子，经过的时候还以为是澡堂。房间面积十几米，局促得很，两个人在里面活动都觉得碍手碍脚，房费却比清风会馆高出几倍（合人民币一千元）。

放下行装后，步行往鸠居堂，途中路过一家名为高山堂的小店，门口挂着的半爿布帘上画着兔子读书，当是取自高山寺藏戏画。进去买了几种以戏画为图案的花笺和明信片。继往是赞交，然后是柿本纸司，分别挑选了一些花笺。在赞交买了一方西阵织的包封锦，王楠挑了一方对鹿纹的，但每种只有一件，于是选了一件飞凤团花（合人民币一百八）。

从柿本纸司出来，已是五点半，天都黑了，在路边一家小馆晚饭，每人一碗野蔬面（六百五日元一碗），不过几根蘑菇，两片薄薄的笋片，卧了一个荷包蛋。

经过一家药店，买了几盒液体创可贴。又在路边的超市买下明天的早餐（两盒方便面，一盒净菜）。没想到还有抽奖活动，志仁得的奖品是小小一瓶酱油，史睿却是"大奖"：四盒奶酪，两盒酸奶等一大包。

七点多回到宾馆。

◎十一月一日（三）

三点多起来，以方便面为早餐。八点半出发，坐上出租车，十分钟就到了临川书店，书店尚未开门（九点开始营业），等候十几分钟，门开了，店员把旧书一摞一摞搬出来。挑了几个架子，没有什么特别的书，买了一本水野清一主编的《图解考古学词典》，又《桌子式》线装一薄册，《天理大学参考馆中国藏品图录》一厚册。继往知恩寺旧书市，这里更晚：十点钟才开始。转了大部分书摊，也没发现特别中意的书，购得《本草纲目》影印本一册，又《中国的美术·6·工艺》。配了一本家藏忽然找不见的《宋史》第一册，这个书摊是所有的书一律五百日元三本，于是又买了《考古学报》一九六四年第四期、一九七二年第一期，《考古》一九六四年第十期、第十一期、一九八四年第四期。最后在门口紫阳书店的书摊上算是有些收获：《金瓶梅词典》(王利器主编)、《东北考古与历史》八二年第一期、《唐女皇则天武后的时代》展览图录、《大唐王朝女性的美》展览图录、《故宫珍宝丽美图》(金瓶梅全图)、吴哥窟石雕拓片。

十二点出来，仍往每年午饭的小馆，每人一份猪排米饭，难得吃得很撑。

一点十分回到旅馆，放下书后，坐出租车往京都国立博物馆，参观"国宝展"，目前已是第三期（两周一期）。门票一千五百日元。排队进门用了十几分钟，展厅里面又是人满为患，温度高，且充满人体气味，实在无法从容观看。这一期展示的中国文物主要有梁楷《出山释迦图》、牧溪《水月观音图》以及左边的《鹤图》、右边的《猿图》、阎次平《牧牛图》、传宋徽宗的《秋景山水图》

和《冬景山水图》。不过这两幅与徽宗风格相差甚远,当是出自南宋马远一派。还有一件油滴盏。作为日本文物的要件是一方倭国金印,随了人群排长队在展柜前看了一眼。展厅的"热烈气氛"已颇令人不耐,于是与志仁先行出来,坐在喷泉边的树荫里喝了一杯咖啡,坐等王楠和史睿。二人出来后,又一起坐聊至五点钟,然后坐出租车回到旅馆。十几分钟后再一起步行至王将饺子馆,等了二十分钟,苏枕书下课后赶来,共进晚餐。四份王将饺子(一份六只,实即猪肉白菜馅的锅贴,正是我们在上海杏花楼吃的京都煎饺),三份虾仁,一份麻婆豆腐,一份沙拉,共五千三百日元。

七点四十八分散席,归途在一家超市买下明天的早餐。

◎十一月二日(四)

三点多起来,早餐如昨。

八点钟出发坐出租车往奈良站。买好近铁特急票,但却乘上普通车,结果是每站都停,发现后赶快在大久保下车,换乘急行,天理大学站下车,坐了十分钟的出租车,十点钟至天理大学参考馆。周围环境秀美且静谧,参考馆里观众也极少,偶尔一两个人进来,转一圈就离开了,因此差不多是我们四个人的专场。展厅共三层,一层有福禄寿为题的台湾文物，二层以日本文物为主，展陈中国文物的是三层"世界的考古美术"展中的一部分。展品可算丰富，图录里有的差不多都在这里，而允许拍照最是意外之喜。中国展厅在最深处，其外是朝鲜、西亚及希腊文物。

很快就到了一点钟，虽然没看完，也只得离开。仍坐出租车至火车站，在站前一条小街的餐馆里午饭，每人一份猪排饭，饭后还有一杯咖啡，共三千六日元，吃得很饱。

饭罢乘车往奈良，下车后坐出租车至奈良国立博物馆，三点钟到。这是第一次下午来这里参观，门口排队的观众比上午少了很多，不过展厅里的人还是不少。展品说明第一次出现了中文。一面硕大的鸾鸟瑞兽铜镜，不多见的尺寸——原附题签作："八角镜一面，重大十三斤，径一尺四寸五分半，鸟兽花背，绯䌷带，八角榲桲盛"。看起来很厚重的一个八角榲桲也陈列在旁边的展柜里，似是原木，未加装饰。一具木画螺钿双陆局，史睿说，木画的意思就是用不同的木材镶嵌为几何图案，看展板上的释义，果然如此。那么这一工艺的渊源当是来自先秦特别是战国时代流行的金银嵌错，而金银嵌错也是以几何纹为主。一件锡杖，为南仓藏品，主体是铁制，杖身拇指粗细，杖头、节以及底端的箍为白铜。杖竿中间的两个白铜节亦即箍，与前番黎毓馨发来绍兴柯桥博物馆藏隋唐墓出土的一枚金箍十分相似。

梁基永和小 G 到展厅来会合，他们是乘往返八百元的红眼机夜里抵达大阪，已经取来预先租好的车。在小卖部买了两本展览图录和一本挂历，又买了一大堆正仓院展"文创"，出来后看到月亮已经升得老高了。文创产品有不少都是取了碧地金银绘献物箱盖面纹样中的对鸟衔花，而原物金银绘中的银已经氧化变黑，文创中的黑漆镜盒盖面纹样却用仿金银的办法教人得以想见当日的金银焕烂。

五点半坐上梁兄的车，一个半小时到京都，在另一家王将饺子晚饭。难怪苏枕书说昨天那一家是高档王将，今天比昨天多了一个人，却才四千八日元。除了昨天吃过的，梁兄点的一份杂菜拌饭不错。

八点半饭罢，梁兄把我们送至旅馆，然后在附近超市买早餐。

◎十一月三日（五）

四点起来，早餐如昨。

九点一刻梁兄的车开到门口，先往位于本法寺前面的茶道资料馆，参观这里举办的特展"佛教仪礼与茶"。买门票的时候附赠每人一张茶券，展览不允许拍照。大德寺藏《五百罗汉图》只展出了有点茶场景的两幅，展板上勾线标示器物名称，旁侧是油滴建盏一只坐在明代剔红盏托上。二楼的一个小展厅展陈法门寺茶具的复制品。参观结束后持券至茶室落座,两个穿着和服的服务员分别端上来六份放在一枚白纸上的小点心,藕合色,吃起来类似羊羹,但豆沙的成分似乎更多些。然后是每人半盏翠绿色的抹茶,盛在六只式样不同的粗茶碗里,一如既往的苦味。

继往本法寺。寺里有本阿弥光悦建造的庭园("巴的庭"),园子里有个小小的白莲池,花期早过,惟余枯荷数茎。此外有长谷川等伯所绘《佛涅槃图》,图甚巨,占了整整一面高墙,不过平日展出的都是照着原来尺寸放大的照片,每年只有三四月间展出真品一个月。

再往细见美术馆。先在美术馆旁边的一家餐馆午饭,等位等了五十分钟。每人一份天妇罗配米饭(合人民币一百多),一杯苏打水加冰激凌。

饭罢史睿单独去知恩寺书市,五人一起参观细见美术馆题为"末法"的特展(门票一千三百日元)。都是日本佛教文物,又是不得拍照。

最后是泉屋博古馆。前天王楠查得这里有一个馆藏明清名画的特展,但在门前并没有看到展览广告,再查,原来是位于东京的泉屋。于是把青铜器和铜镜又看了一遍。

四点四十五分从馆里出来,王楠和梁兄联系,他说十分钟就过来,结果站在门口一直等到五点三十七分,眼看着太阳落山,天完全黑下来。

坐上车,先把我和志仁送到旅馆附近的超市门口,梁兄另外赴朋友的约会。在超市买了方便面和酸奶等,在房间里草草晚饭。

◎十一月四日(六)

四点多起来,早餐如昨。

九点一刻梁兄的车开到门口,房费入住时就已经付了,房门是密码锁,无须房卡,因此提上行李即可直接离开。

先往大原三千院。大原一带称作鱼山,据说一千多年前即有此称,这里是佛教音乐(声明)的发源地。初为最澄上人建比叡山延历寺时搭建的草庵,本院别名梶井门迹、梨本门迹,为天台宗五个室门迹之一。今梶井佛殿内持佛堂悬挂的三千院匾,系灵元天皇所题。正是枫叶红时,又赶上周六,山上游人如织。往生极乐院和金色不动堂都是"特别开放"。一片青苔上有几个或坐或卧的石雕孩儿,原来是所谓"孩童地藏佛"。在小卖部买了一个孩童地藏佛的塑料夹子,又一札三千院门迹图案的怀纸。

出来后,在一家名作小山庄的餐馆午饭。环境很清幽,就餐者除了我们之外,只有两个人。梁兄取出他在塞浦路斯举办个展印制的图录《西海玄珠》,分送我们。

饭罢往藤井有邻馆。从网上查得这里是每个月的第一个周六开放,但到了地方之后却看到大门紧锁,打电话询问,告知是明天开馆。

驱车往高野山。进山后路很窄,两边的车川流不息。近三个小时才到了入住的增福院。房费每天合人民币一千八,负责早饭和晚饭。房间两张榻榻米,铺着电热毯,一个矮案,房门没有锁。卫生间和浴室都是公共的,不过倒很干净。王楠说,我们是花了大价钱来过艰苦的生活。

六点钟在一间大饭厅里晚饭,摆了一托盘大小碗碟的素食,咸菜、天妇罗(土豆、白薯等)、汤,只有小碟里的一方胡麻豆腐口感比较独特。

◎十一月五日(日)

四点多起来,七点钟大饭厅里早餐,仍是咸菜、豆制品、米饭、汤。

饭罢一起步行往金刚峰寺。入内游观的部分八点半才开,于是先在外面转了一圈,看一树树红得斑斓的枫叶,再看看红叶的游人。想必是周末的缘故,游人甚众。橘红色的大塔是今年按照原样新建,塔前不远处一株三钴松,传说是空海在宁波的时候把一个三钴杵投到海里,发愿三钴杵飘到哪里,哪里就是弘法之处。今三钴松所在便是当年三钴杵的上岸处。

八点半在售票处买了五张包含六个景点的通票，史睿则是一张单独参观金刚峰寺的票——九点四十五分就要离开这里，往旅顺赴会。寺院里可称道的景致是名作蟠龙庭的枯山水，规模比较大，以龙为意象的青色花岗岩有一百四十个。此外则是置有日本名笔（如狩野探幽）之屏风的几座建筑。

继往增福院对面的灵宝馆，即高野山藏佛教文物，史睿则乘出租车赶往关西机场。

从灵宝馆出来，再往大师教会，参加专为游客举办的受戒仪式。一行人进到佛殿，坐好之后(可以坐椅子)，一位僧人把殿门关闭，殿里除了正面两盏白灯笼里的微光和供案上的一对烛台，四下一片漆黑。僧人轻击手磬，烟气朦胧中从边门开启处走出一位看不清面目的上师，接着是僧人与上师交替诵经及领诵。反复几次之后，颁发度牒（每一组游客派一位代表到上师座前领取）。最后由上师申说戒律，如勿杀生之类。僧人再次击磬，上师仍从边门走出，于是殿门开启。整个过程持续四十分钟。

再回到金刚峰寺，早晨尚未开门的根本大塔和金堂都已经开放，进去转了一圈。通票的六个景点算是走完五个，最后一个是德川家灵台。先在路边一家名叫花菱的餐馆午饭，原来这是日本天皇一家来高野山时曾经用餐的地方，因此至今备有当年他们吃过的一份套餐。每人一份素食（两千多日元）：托盘里米饭一碗，汤一碗，一碗底袖珍蘑菇、芋头、南瓜、胡萝卜各一片。素什锦一方，一共小半花口碗,一方胡麻豆腐,浅盘里一条酱烧龙茄,饭后送了一份布丁。

饭罢步行往德川家灵台。两座木雕繁复的建筑都是大门紧闭,只能看看外景。

再往女人堂。据说这是因为空海定下规矩女人不得进寺参拜,故在几处山口建了女人堂专供妇女参拜,如今只剩下一所。女人堂前有个公交车站,终点站是奥之院,遂乘车前往(车票每人二百八十日元)。

奥之院类似公墓,依山而建,其中不少日本历史上的名人,如丰田秀吉等。尽头处、灯笼堂背后,是弘法大师御庙。一路都是游人,马路上的车流几乎停止不动,本来打算坐公交车,看到如此情况,决定还是步行。在路边一家咖啡馆小坐,每人一杯饮料,倒是因此暖和过来(这里的温度最低是九度)。

回到增福院,仍是六点钟晚饭。从饭堂就餐情况来看,是走了几拨日本人,来了几拨西洋人。

◎十一月六日(一)

四点多起来,六点钟至每天做早课的主殿,住持之外,还有三位僧人,也就是我们所见登记住宿、布置饭堂、打扫卫生的几个人。殿堂深处主尊的大半身掩在帘子里,大约是明王,前面设了几重供案,只看见最大的一个案子上放着一圈净水碗,最前面的一个侧边是立在龟背上的仙鹤,口衔莲叶上的烛扦,烛扦上燃着蜡烛,案边戳一个短柄金刚杵。案前为做早课的人铺着电热毯,旁边点着小小的电热炉。住持面向供案而坐,侧面一溜儿坐着三个僧人,其中一人面前案子上放一个大铜磬,地上放着铜钹。铜钹响亮一击,诵经开始。住持领诵经文,一段经文诵毕,边上坐着的僧人就击一下磬。

半小时早课完毕,早饭。早饭比昨天更简单,六个小碟减了一半,每个里面一小撮咸菜。

饭罢装行李上车,才发现窗玻璃结了一层霜花,王楠提议梁兄画幅画儿,梁兄果然即兴画了几杆风竹,仿文同笔。车停到阳光处,瞬间就化了。

八点多出发往丹生都比卖神社,半小时就到了。这里被定为世界文化遗产。橘红色的鸟居门前一座橘红色的轮桥,近端处横向四座殿堂,分别称作第一殿、第二殿、第三殿,最小的一座称若殿。殿门都紧闭着,说明牌上写着开放日是九月十六至十一月廿六日,十点钟开,周一闭馆。于是买了两枚琵琶样的手机链——喜其带着拨子,就离开了。

十点二十五分开到机场,在进门处与梁兄握别。一小时办好一应手续,在小卖部买了三杯咖啡,两个冰激凌筒。一点十分登机(CA928),一点四十分起飞,北京时间四点十分降落北京机场。

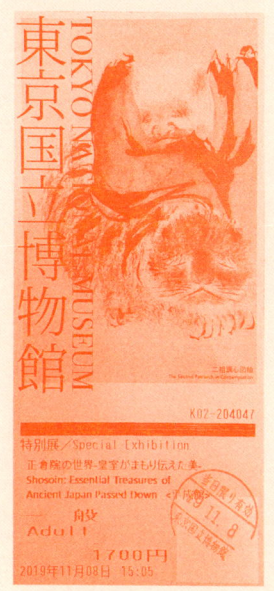

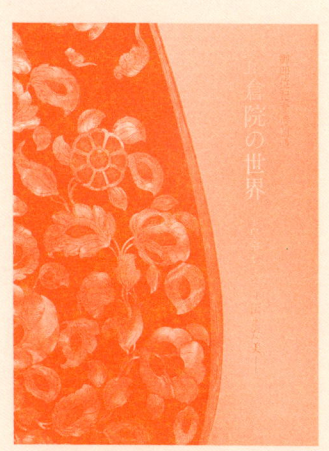

二〇一九年东京国立博物馆 正仓院的世界 特展入场券及图录 扬之水藏

二〇一九年

十月廿九日—十一月九日

★ 东京

♠ 千叶

● 京都　　◆ 爱知　　■ 静冈

🔔 滋贺

■ 兵库　◆ 奈良

☆ 大阪

▲ 和歌山

● 冲绳

第七十回正仓院展图录　扬之水藏

第七十一回正仓院展入场券及图录　扬之水藏

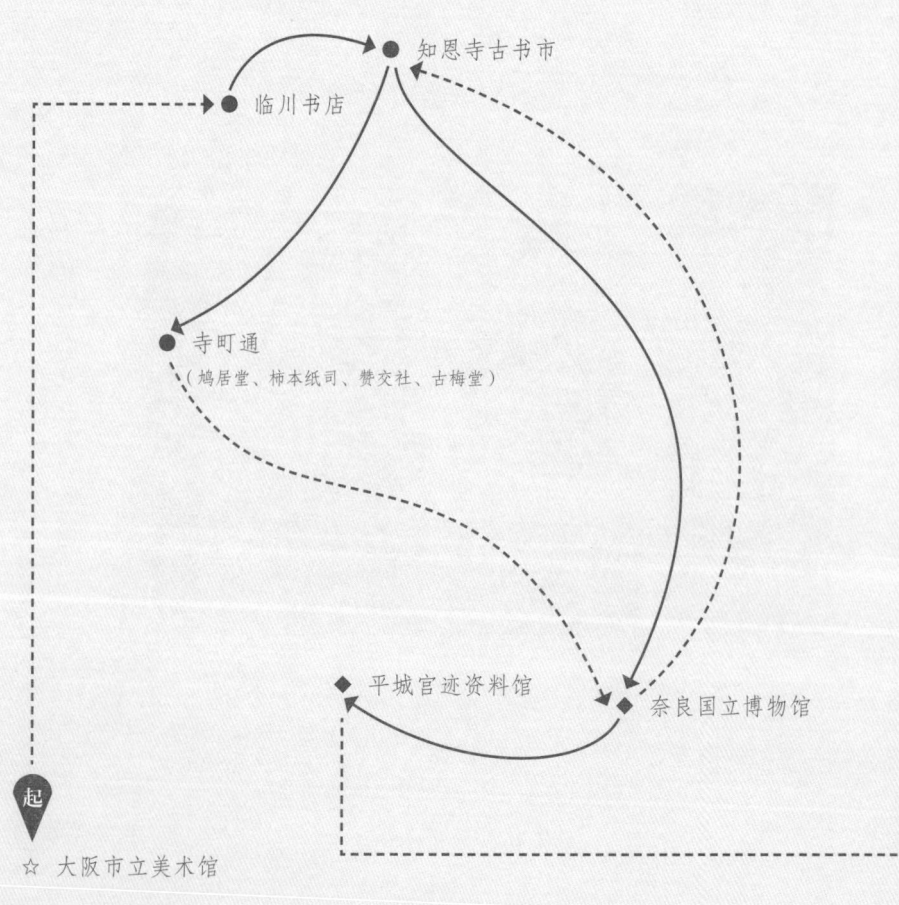

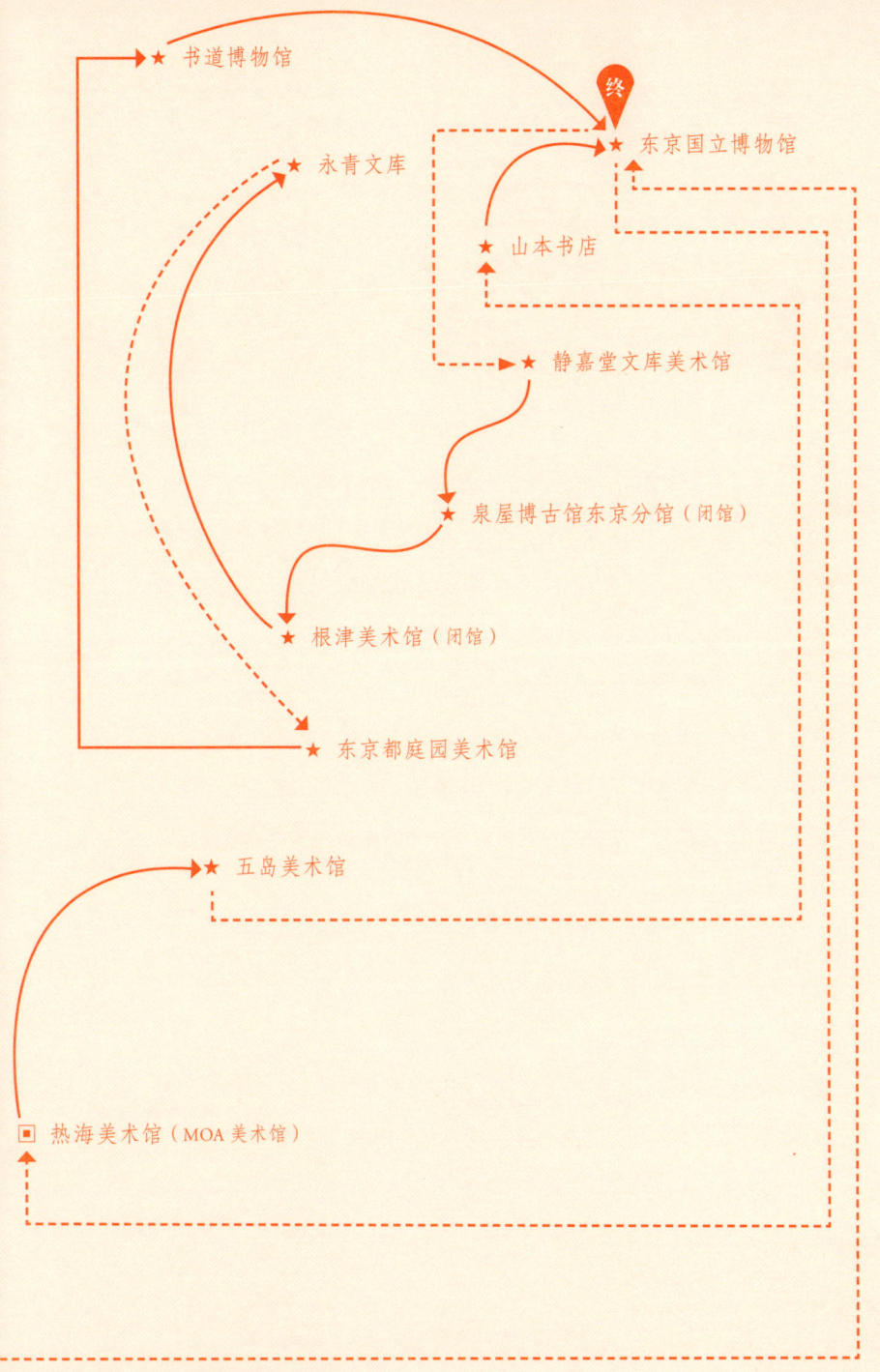

◎十月廿九日（二）

　　五点出发，廉萍坐出租车来接，半小时至机场（130元），六点十八分办好一应手续，然后到贵宾休息室，廉萍买的是经济舱，以照顾我为名，也一起进去了。七点多王楠来会合。八点钟在登机口与史睿会合（他也买的是经济舱，但因动手晚，价格与公务舱相同）。九点钟飞机上跑道，九点半升空（CA927原定起飞时间八点四十分）。十二点五十五分降落大阪关西机场（日本时间）。飞机上发了一纸优先通关卡，不用排队就过关了。很快领到托运行李，与廉萍、史睿会合。在售票处买了一周的通票，然后乘火车往大阪市立美术馆。

　　两点五十分到天王寺站，出站步行十分钟即至美术馆门口。门票1400日元（一律不允许拍照）。目前正有一个特展，"佛像：中国·日本"。进门入眼展品即是出自洛阳金村的银人(今藏永青文库)。又一件京都国立博物馆藏晋代佛像镜，镜子尺寸很大，也很厚，镜钮上下分别为立佛，左右为坐佛。神奈川青云寺藏南宋木造观音坐像一尊，观音发髻前高插镂空冠饰，顶端一座小塔，下方左右各一只舞凤，发髻下边左右各一枝步摇，钗首分别悬缀一挂灯球。另有一件京都泉涌寺藏木造观音坐像（又名杨贵妃观音）与此相仿但更为繁丽，不过只展几天，已经撤掉了。大阪市立美术馆藏一尊宋代铜造观音立像，观音腰带垂饰化生童子。还有分别藏于东京国立博物馆和福井青莲寺的德化窑"玛利亚观音"。

常设展主要是日本画屏，平柜里展出馆藏传吴道子《送子天王图》，但说明称它是清代摹本，而一般认为是宋摹。史睿说清代不可能有这样的摹本。

四点四十分结束参观，在序厅购得特展图录（2200日元）。

仍往天王寺站，乘JR往京都。六点五分到京都站。在前年曾经光顾的葵餐厅晚饭，我和志仁都点的是面条，每碗九百日元。

饭罢乘出租车往京都会馆，王楠和廉萍一辆车，我们这辆车的司机不认路，车上又没有导航，在周围绕了几圈才找到，多用了十分钟，车费三千。

登记住宿后，放下行装，再往路口的小超市，购饮用水和食品。

八点钟回来,在大厅结算一日用度。

终于又住上了清风会馆的唯一一间大房子,史睿几经周折才争取到。

◎十月卅日(三)

在房间了吃下从北京带来的方便面(配上昨晚买的生菜),算是早餐。

八点五十分出发。先至临川书店,没有新发现。遂继续前行,至知恩寺。门前冷冷清清,里面的书摊都蒙着塑料布,不见人影。猜想是十点钟才开始,于是往附近的一家书店闲逛。候至十点,冷清依然,走进去,树林里的几个书摊有主人开始揭开塑料布,便过去选书。看到有人民文学出版社一九五九年版的叶葱奇注《李贺诗集》,连忙拿在手里,很快过来一个女人,用英文说书市还没有开张,要等到明天。问:书可以先为我们留起来吗?答曰:不可以。至此才明白为什么如此冷清。

迅速调整计划,决定马上去奈良。回到房间,取了网上预购的参观券,十一点出发,在门口坐上出租车往京都车站,差几分钟没赶上特急,坐了急行,一小时到奈良。出站后打算先在餐饮街午饭,进了几家餐馆都需要等位,只好到一家投币快餐店落座,咖喱饭配猪排。四十分钟饭罢。

一点钟至奈良国立博物馆，昨天长老发来微信说参观的人不多，可以从容欣赏。今天一看，入口处的队伍绕了三个弯，比每次都人多，排了二十多分钟才得以入场，观展的人更是里三层外三层。展品凡四十一件，中立柜里是红牙拨镂尺、绿牙拨镂尺、金银平文琴、青金石带以及带盒、紫檀金钿柄香炉、金银山水八卦背八角镜、金花银三足大盘，都是久在期待中的展品。最最遗憾的是专为看展配的眼镜匆忙中忘记带了。

金银平文琴环水坐于鹿皮荐上的八个人，中有头戴荷叶帽，背倚隐囊，侧后一个荷叶盖罐，左手侧边一具器座，右手盘子里放着盘、碟、碗、匙。史睿说他右手拿的是卷轴，王楠说他左手拿的是书筒，方把卷轴抽出来，说："兰亭序在这儿。"虽然带了点儿戏说，但由此可将这一装饰纹样定名为兰亭故事图。

拨镂尺隐约可以看到纹样微有起伏。带盒上面花朵的花心嵌水晶，水晶下方彩绘各色的四出花作为映衬以见出光怪陆离的效果。

占了一面墙柜的漆胡樽虽在图录上看过无数次，也知道尺寸，但眼前实物体量之大仍教人吃惊。展品说明它是用于一左一右放在骆驼驮上，看到口流处做出一个扎束的节，不免想到漆胡樽的造型当是仿鸱夷子皮。

三点半看完，到楼下买了图录和文件夹，史睿请客，到设在展厅外面走廊上的茶席喝茶（每人六百日元，半碗抹茶，一块绿豆泥馅的点心）。溪水在前，石桥带出小小一道瀑流，与石桥相接的一方碎石地上放着一个畚箕，里面数茎结着红柿子的枯枝。

休息到四点，观众见少，因再往展厅巡礼近一小时。

出门与到旁边去看佛像展和青铜器展的廉萍会合，看到货摊上卖正仓院展的纪念邮票，买了不同年份的三套。

返程坐上了特急，三十五分钟至京都。乘出租车至百万遍，在路口的王将饺子与苏枕书会，在狭小的空间里挤挤挨挨坐了一桌，共进晚餐。虾仁、天妇罗、炒卷心菜、炒豆芽，四份王将饺子，费3080日元。

饭罢到对面的药店请苏枕书帮忙买药，然后一起回到清风会馆，苏枕书以《岁华一枝》持赠，报以习字一纸。听她讲正在撰写中的博士论文结构与主要内容。坐聊至九点钟。

◎十月卅一日（四）

九点五十五分在大堂集合，再往书市。刚过十点，知恩寺里人已经不少。购得五百日元三本的书十七本：《李贺诗集》（叶葱奇注）《文史论丛》《王荆公诗文沈氏注》《山海经笺疏》（郝懿行笺疏）《蛮书校注》《三辅黄图校证》（陈直校证）《洛阳伽蓝记·荆楚岁时记》《故宫文物》（蒋复璁等）《穆天子传》《吐蕃史》《渤海国》《中国食糖史稿》《我国古代的海上交通》(章巽)《郑和航海图》(向达整理)《隋唐东都含嘉仓》《西汉十一陵》。又《文物》一九八四年六至十二期(记得缺这一年的若干期,却实在想不起究竟是哪一期)。

把书送回宾馆,然后出来,在街边的一家面馆午饭,语言不通,老板又不懂英语,只好胡乱点了一种,结果端上来的是素面一大碗,外加浮着葱花和几点肉末的酱汤一小碗。试着舀了一小勺拌面,是辣的。幸好桌子上有酱油和醋,浇上,将就着吃了。

饭罢廉萍去参观泉屋博古馆,我们四人坐公交车至市役所,先到鸠居堂,再往柿本纸司、赞交、古梅堂,买了几种笺纸和一组三个地藏菩萨镇纸。坐出租车返回宾馆。史睿和王楠再往书市,我和志仁回房间。

五点半到王将饺子与王楠、史睿会合,共进晚餐。点了和昨天同样的菜,把饺子换作炒面和炒饭,费三千多日元。

◎十一月一日(五)

七点十分出发,坐出租车往京都站,乘特急往奈良,八点十五分到,再度参观正仓院展(戴上了新配的眼镜)。排队的人比昨天少,重点看了金银平文琴,红、绿牙拨镂尺,紫檀金钿柄香炉,金银山水八卦背八角镜,金花银三足大盘。又仔细看了皇后金冠残件。式样和制作方法都与隋唐实物十分相近。比如两重花瓣叠置，用小圆管束起的银丝从下方穿过来，在花心结一颗珠子，正与李静训出土步摇花相同。

十点半结束。从正仓院展展厅通往奈良佛像馆和青铜器馆有一条地下通道，中间设了一个咖啡厅，兼售简餐，于是坐下来，回请王楠、史睿喝咖啡、吃茶点（咖啡590日元，蛋糕950日元）。坐聊近一小时，接着午饭：两份意大利面条、两份天妇罗盖饭。每人平均九百多日元。

饭罢参观佛像馆和青铜器馆。在佛像馆里看到廉萍前天发现的手持装饰莲花纹如意的善导大师坐像（木造彩绘，镰仓时代），几个人掩护着用手机拍了两张照片。又在奈良国立博物馆藏佛像残件中看到一件垂缀灯球的步摇，与前天在大阪市立美术馆看到的观音簪戴相同，也紧紧张张拍了下来。

回到奈良站，乘两站车，至大和西大寺，下车后步行十几分钟，至平安宫迹资料馆。远远可以看见一座复原的宫殿建筑。资料馆免费参观，也可以拍照。以考古发掘出土的木简为主，还有部分瓦当及生活用具。另有一个特展题作"地下的正仓院展：年号与木简"，目前是第二期。展品是平安宫迹出土与正仓院时代相当的年号木简。

三点半回返，乘特急至京都站，坐出租车回到宾馆，以方便面为晚餐。

◎十一月二日（六）

九点半退房。坐出租车往京都站，乘新干线往东京。十点半发车，十二点四十五分至品川。在品川车站的一家西餐馆午饭。蔬菜水果色拉、土豆牛肉、火腿肠，费8965日元。

两点钟饭罢，继续乘车，一小时后至津田沼站。出站后与周颖委托的杨老师会合，坐上她丈夫开的车，至千叶县习志野市鹭沼町的花步小筑。杨老师一一指点各项用度，然后又带着我们到附近的超市购物。五点半回到小筑。

以超市买来的苹果作为晚餐。听史睿聊书法。他说当代书家没出一个能够影响书史几百年的人物，又依次点评了周围诸位朋友的书法。

小筑是日式的，五个人分住三个榻榻米，卫生间只有一个。几个人在一个屋顶下活动，好像又回到了集体宿舍的年代。

◎十一月三日（日）

七点半出发，步行十几分钟至津田沼站，乘车往东京国立博物馆，四十分钟至上野。

十几分钟行至博物馆门口，入门处已排起长队，幸亏在国内已经网购了参观券，免了一次排队。然而进大门后，入正仓院特展的门又须排队。好在速度比较快，只是进了展厅之后惟见人头攒动不见展品，比奈良的参观者多多了。正仓院藏品分两期展陈，共四十七件，多为名品：螺钿紫檀五弦琵琶、银熏炉、狩猎纹锦褥、白橡绫锦几褥、小儿击球花毡、鸟毛篆书屏风、红牙拨镂棋子与绀牙拨镂棋子、兰奢待，还有法隆寺献物帐的全部展示，等等。五弦的展厅里滚动播放五弦的复制品，可知螺钿花心的彩色美石原是先在美石的背面绘出花纹，然后镶嵌。看展的当儿，史睿的学生田卫卫来了，一路听史睿说田卫卫，原来是个长发过腰的女生，女儿还不到两岁，今年九月初到东大做访问学者，为期一年。问为什么能把头发留这么长，答曰因为丈夫特别喜欢。

十二点半结束，田卫卫带路到博物馆餐厅午饭，等位等了半个小时，不过正好对着图录讨论观展所得。餐厅里没有六人位，于是坐到厅外棚子下边的一个餐桌。点了三份套餐，此外意面、色拉等，费一万多日元。

两点钟饭罢，继续参观。先是法隆寺宝物展厅，有几件拿到正仓院展去陈列，这里留下的也有不少同时代的器物，比如一面海矶镜，藏品原有两面，一面完整的在正仓院展，留在这里的有一道裂纹，但图案是相同的，而这里可以拍照。

继往东洋馆参观绘画厅，当年看过的《货郎图》今已撤换，展陈的多为宋元绘画小品，如南宋的《茉莉花图》，宋元时期的《秋塘郭索图》(传陈珩笔)《猿图》(传毛松笔)《红白芙蓉图》(李迪),元孙君泽《雪景山水图轴》和《高士观眺图》,又传阎次平《山水图》。

今天博物馆闭馆时间为九点。四点钟在博物馆影厅看电影,是关于正仓院建筑形式以及宝物放置的一个短片(每人五百日元)。

六点钟结束参观,五人同往过门香晚饭,是一家中餐馆,招牌是"上海蟹"。点了虾面、广东点心等。费一万余日元。

七点钟饭罢。乘车回返。八点半回到小筑。

◎十一月四日(一)

八点出发,在鹭沼小学校坐公交至津田沼站,先至品川,换车至大井町,再换车至热海站,坐出租,直达热海博物馆(又称MOA博物馆)售票处。参观券1600日元(六十五岁以上1400日元)。

进门后,迎面就是很长的滚梯,一连几段,觉得有几十层楼的感觉,上来后才知道已是山顶,山下便是大海,原来这是一个盖在望海处的大型建筑,可视作观景胜地。

博物馆里没有常设展,只有一个临展"仁清:金和银"。仁清大约是正保四年(一六四七)前后烧造"御室窑"

的著名工匠（后来听西村说，"御室"即没有继位资格的王子所居之处，通常是寺庙），展品分作几个主题——如花卉、藤萝、梅月，来展示他和与他相关者的创制，并辅以同样题材和纹样的其他工艺品——如小袖、屏风、矮案等，以表明艺术创作间的相互影响。本馆藏品均可拍照，外借者不允许。有数件交趾香合，如分别收藏于三得利博物馆、滴翠美术馆、大和文化馆的水禽香合。一件静嘉堂文库美术馆藏法螺贝形香炉构思很巧。又有馆藏褐釉梅月纹茶碗一件，也很别致，梅枝一痕横斜于碗腹，一轮圆月浮在梅枝之间，像是"梅穿月"，又像是"月掩梅"。还有一件高林寺藏红白梅图屏风。

还差一小部分没看完，眼看已近十二点，怕赶上饭点排队等位，商量一下，决定先去吃饭，饭罢再来接着看。于是急急走出展厅，在花的茶屋午饭。结果还是等了近半小时。一人一份和式定食：一小碗米饭，上面覆了几枚极薄的生鱼片，一小碟豆腐，一碗汤。共费一万多日元。核计一下去往五岛博物馆的路程，时间已经很紧，便决定不再回去参观，饭罢直接去五岛博物馆。

坐公交下山，八分钟至热海站，换了三次车，三点钟至五岛博物馆。也是没有常设展，只有一个分设两个展厅的临展（"美感的历程"），不允许拍照。第一单元为书迹，中国部分是明清书法及法帖，书法如陈淳、丰坊、谢肇淛等，法帖有华夏刻《真赏斋帖》（火后本）等。第二单元为漆艺，中有一组江千里风格的黑漆螺钿美人图小碟（缇萦、红拂、婕好、南威、昭君、吹箫）。红拂图中绘出不少细节：红拂半倚的桌子上放着令牌和一面三角令旗，地上的瓶子里插着拂子，另一侧红烛高烧，烛台旁边的方几上置一柄烛铗。第三单元染织，第四单元陶瓷，中有一个石榴式交趾香盒。第五典籍，中有一件大东急记念文库藏《标题徐状元补注蒙求》（甫庵版）。第六屏风绘，有九州岛国立美术馆藏《唐船·南蛮船图屏风》。"唐船"部分的明代美人头上插着簪钗，但是看不清细节。

四点五十分离开，再换三次车，回到津田沼。坐出租回返，阴错阳差到了距离超市很近的路口，于是下车，到超市购物。七点半回到花步小筑。

◎十一月五日（二）

八点半与志仁和史睿、王楠一起出发（廉萍留在家里处理社里的书稿），九点五十分至本乡三町目的上岛咖啡厅。史睿拉着书箱到东大找田卫卫，委托她代为邮寄，我们三人在咖啡厅等候，要了两杯咖啡、一杯红茶。一小时后史睿和田卫卫一起过来，同往神保町，常去的悠久堂和东阳堂今天都不开业，于是走到山本书店。购得一九五八年《中国版画选》（二十万日元）《唐长安城郊隋唐墓》（四千四日元）。

十二点半西村来，六人同往不远处的咸亨酒店午餐，也是份饭：野菜粥、蘑菇粥、荞麦面。共费六千二百元。

两点钟饭罢，西村和田卫卫别去，四人往银座的鸠居堂。信笺品种好像远不如前，只勉强选了两种。

三点钟回返，四点一刻回到小筑。史睿匆匆收拾行装，五点钟离开，乘晚上九点多的飞机先行回国。

◎十一月六日（三）

七点半出发，九点十分至东京国立博物馆，参观正仓院展二期。在车上遇到邵彦和郑岩的学生金烨欣，聊起来，他说美秀博物馆的中国文物他们已经全部拍照（包括我最想得到的杠箍图），并说可以拷给我。

今天排队的人比前天多了好多。等候排队入场的时候，又遇到尚刚夫妇和袁犍夫妇。在展厅里遇到齐东方和李猛一家。

十二点离开，在门口与邓芳会合，一起步行到不忍池边的伊豆荣。行至门前，正好李长声到来，几年不见，除了富态之外，其他没变化。按松竹梅分大中小份，给志仁点了最大份的梅，不过李长声说：大份主要就是米饭多。费三万二千日元（李长声和邓芳合请）。一点半饭罢。几人同往博物馆。

在博物馆门口与邓芳和李长声握别。再往东洋馆。先看临展"人·神·自然：卡塔尔皇室成员谢赫·哈马德·本·阿不都拉·阿勒萨尼殿下的收藏"。选取了展现世界各地古代文化的一百一十七件工艺品。一枚金镶绿松石包铁芯的圆形饰件（中亚，公元前三世纪），推测是马具或甲胄饰，直径4.3厘米，外缘一周金框里镶嵌水滴形绿松石，中央圆框内是站在树荫下的一匹马，树叶做成心形，内嵌绿松石，风格极似"黄金之丘"出土的大夏饰物。又一枚金镶绿松石虎纹戒指（中亚，公元前四至三世纪）。一枚金累丝赫拉克勒斯结（希腊，公元前三百年），四狮首纹，中间一个吹着奥洛斯的天使。展品中的中国器物有战国时代的虎形带钩，遍身斑纹金银错，虎口大张，筋肉起伏，正是扑食猎物的一瞬，虎尾之端很自然的向内回旋，便成为带钩，宽24厘米。又一件西汉铜鎏金小熊。

五点钟离开，六点二十分至京成津田沼，周颖开车来接，同往寓所附近的巴米扬餐馆。盖饭、蔬菜面、色拉，都比较可口。费六千余日元。

◎十一月七日（四）

八点钟出发，往静嘉堂文库美术馆。仍是在鹭沼小学校乘公交往津田沼站，上车后在大港町换乘一次后至二子玉川，乘公交至静嘉堂文库站，下车后沿山路步行一段路，就到了美术馆门口。目前的临展是"断片名品：古代海外传来的织物"。展厅迎面的中立柜里便是那一件著名的曜变天目。亲睹实物,看到任何照片也表现不出来的效果。主要展品是日本茶道具和器具包装亦即盛放器具的袋子。袋子的材料以明代织锦为主,也有来自印度和欧洲的织物。从这些器具包装可以感觉到日本的各种日常生活之"道"(茶道、香道、花道),强调的都是整个过程中对"物"的所有细微之处的审美,比如袋子的结、结的束法以及质地,袋子则是纹样。既用心于物之制作的点点滴滴,欣赏之眼自然也不会放过"物"之美的点点滴滴,因此"道"的每一个瞬间都是体物的训练。

临展不允许拍照,展厅外面有几件倒是可以,中有一件南宋油滴盏。

结束参观后,在小卖部购得展览图录(只是一个小册子),又一本《静嘉堂藏酒器》(也是一个小册子)。酒器册子里着录一件馆藏青花釉里红八仙纹葫芦式温酒器,出自雍正时期的景德镇窑,有"养和堂"款,与前番在清华大学艺术博物馆所见藏品完全相同。又一件室町时代传土佐光元的《酒饭论绘卷》,其中的宴席场面绘一个长柄的铫子。前几天在大阪市立美术馆看到一件式样相同的铜制品,展品说明道是用作洒香水。

坐出租车往二子玉川站,在站前的中餐馆东方红午饭,与过门香风格相近,一位女服务员会中文,听口音是台湾人。点了一笼面点,又虾仁韭菜盒子,清炒豆苗等,费六千余元。一点钟饭罢。坐电梯的时候经过六层,于是下来,买了一大把彩色圆珠笔。

一点半离开，两点半至泉屋博古馆（东京分馆）。不料大门紧闭，原来九号才开馆，有一个"金文：中国古代的文字"的临展。只好按照计划坐车租车往根津美术馆，三点一刻到，孰料又是闭馆，告示称过几天有一个江户茶道具临展。原来日本的这一类私人博物馆都是没有常设展的，只是办一个一个的临展，而筹备展览期间通常闭馆。却没想到我们今天会这么倒运。

再坐地铁往永青文库，也是一个大上坡，坡下便是松尾芭蕉故居，门楣墨书"芭蕉庵"。门半开着，然而担心博物馆关门，也来不及进去了。拾级而上，进馆已近四点。三楼有一个临展："细川家伝来·江户の唐绘"。馆藏名品正在展陈中，即黄庭坚《伏波神祠诗卷》，跋语有张孝祥的一段观款："张孝祥安国氏观于南郡卫公堂上，信一代奇笔也，养正善藏之。乾道戊子八月十日。"此外多为明清花鸟画，又一件顾氏《咸阳宫图》，绘楼阁人物。楼下两层分别是常设展，也有明清绘画。中有仇英款的一件《宫中图》，内容极似文会图，所绘燎炉一边坐着茶铫，一边坐着汤器，里面是一个玉壶春瓶。又一件明人绘《孔圣像》（吴道子款），绘孔子及众弟子，弟子多佩剑，剑茎缠緌，廉萍说这就是诗里的辘轳剑罢。还有不少漆器。漆器中有一件黑漆螺钿食盒，盖面是折梅图，即遇安师在考证梅瓶时用过的。又一件乾隆时期"堆朱罗汉文大香炉"，审其造型，原初当是一个笔筒，加了镂空的金属盖子，遂成香炉。

匆匆忙忙浏览一回，已是四点半，到了闭馆时间。下山路过芭蕉故居，也关门了。

乘地铁返回。换乘一次，至津田沼。坐出租车至巴米扬。饱餐一顿，费四千余日元。七点钟回到小筑。

◎十一月八日（五）

八点四十五分出发，乘地铁至高轮台。出站后坐出租车至东京都庭园美术馆。原来这里是天皇的弟弟朝香宫鸠彦王（就是下令南京大屠杀的罪魁）之官邸。旧日的餐厅、卧室、书房，便是今日的展厅。目前的临展是"日本美术的东洋憧憬"（日本艺术家的东方崇拜：它的历史及其对艺术界的影响）。一边是古物，一边是从古典造型与纹样中汲取灵感后的创作（主要是三四十年代的作品）。比如一边是泉屋博古馆藏枭卣，一边是新创的鸱枭香炉。又，一边是西汉的狩猎纹绿釉壶，一边是新创的狩猎纹莳绘盝顶盒（说明作"静动文库"），盝顶盒极有金属感，如果不看说明，会以为是铜制。上面一列纹饰为朱雀，又一列是林中动物，又一列为花朵，花朵上面有小鸟。

十一点半在馆里的咖啡厅午饭：意式浓汤三份，三明治两份，又一人一杯卡布奇诺，费6930日元。环境很幽静，外面就是官邸的花园。十二点饭罢，接着看展。有一个展厅垂着白布帘，掀开帘子，里面黑洞洞的，定神细看，影影绰绰看出一个竖着的大辘轳，四周都是挽绳狸猫。里面站着一位工作人员，示意我们向前走，稍稍近前，厅里开始响起一片凄厉的狸猫叫声。另一个厅里有一架大屏风，称作"白泽的眼"，是取义于《本草纲目》里记载的白泽。

一点多离开。从目黑站坐地铁往书道博物馆，在莺谷下车。出站后步行一段路，行至正冈子规故居对面的书道博物馆。博物馆很小，又分了几个小小的展室，依然是不允许拍照。在砖石部分看见一方画像石，图案是一个杆秤，说明称其时代为西汉。

两点钟离开，步行至东京国立博物馆。每人又买了一张正仓院参观券（1700日元），大门口不再排队，但平成馆入口处仍是很长的等候入场的队伍。不过工作人员看见我拄着拐杖凳，马上示意我们不必排队，于是享受了特殊待遇。进展厅后先看了前番漏看的漆胡瓶。又重温了白琉璃碗、曲项琵琶和琵琶袋。展厅里的人虽比第一天少了一些，但还是挤挤挨挨，很难从容观看。

再去看法隆寺宝物。之后再重看"人·神·自然"中的几件金银器。

五点五十分出来，顺利坐上六点二十八分经过的一趟车，七点十分至津田沼，七点半回到小筑。晚饭为水果大宴。

◎十一月九日（六）

夜来得一梦，梦见相识的一对夫妇（醒来已忘记姓名）做了一款仿古工艺品，是一个图案很漂亮的摆件，而妻子向我们演示，这全部是由金银簪钗组成，于是随手拆下一个构件，摊开在手心，原来是一大把耳挖。欻的一下合拢，仍为构件。

早饭后用了近一个小时的时间收拾行李。十点半周颖如约来，租赁被褥的公司派人来取了被褥。之后大家随着周颖在园子里识认花草果木：柠檬、柚子、梅树。又有一蓬迷迭香，用手一捋，果然染上一缕清郁的香气。屋角几茎细弱的芦苇，说是月亮升起的时候，在房间里可以看到它和月亮交相映衬，构成图画。

接着分别在居室和院子里合影。周颖说，小筑原是从一位老者手里以四百万日元购得，原房主今年已经八十多，房子建造于三十年前，主人为建造过程的每一个重要步骤拍了照片，如今都放在桌子上的一本相册里。房子下面是九十厘米深的钢筋混凝土地基，厨房里有一块盖板，掀开盖板，即看到地下结构，可以藏人。我和志仁住的房间里一根整木的紫檀立柱是镇宅柱，据云整座建筑不曾使用一颗钉子。

十一点半出发，周颖开车送往机场。十二点十分到。在入口处与周颖珍重道别。

二〇一九年

在公务舱值机柜台很快办好托运手续,至贵宾室简单午饭。两点三十五分登机,三点十五分飞机推出,顺利起飞。

后记一

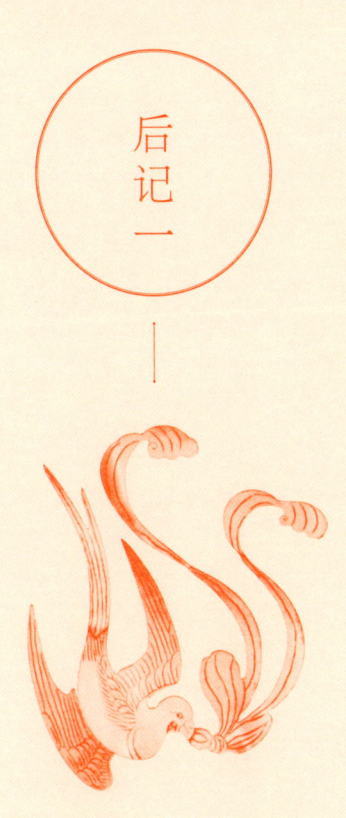

正仓院是一个想了很久的题目，很早就计划写一本关于正仓院宝物的书，写一本与傅芸子《正仓院考古记》有所不同的书，并为此积极准备。观摩实物，自是准备之一。因自二〇一二年起至二〇一九年，与几位朋友年年秋天往正仓院看展（惟二〇一八年是个例外），像是认真履行一个不变的约会。然而我的诸多收获，总还是来自自己的关注点或曰兴趣点，即生活史中的各种细节以及与诗歌对应的各种物事，此外便未能深入探究，因此计划中的书终于没有写成，就像我原打算把《金瓶梅》读"物"记写成一本厚重的书一样，最终只成就一个戋戋小册。酝酿中的"正仓院"一题，今日成此蕞尔一编，不过参观散记而已，既不是对正仓院宝物的全面介绍，遑论专深的研究。从产生想法到想法的实现，似乎总有着遥远的距离。当然也还有自我解嘲的办法。周密《澄怀录》卷上录永嘉禅师语："草鞋道人善谈理趣，吴人从游山遇之，得其数诗，云：'君来游山，颇见好景？兹山景趣多，岂暇遍观，但可意，著眼熟看，看得熟时，他人见不到处，尽为君有。'"正仓院乃宝山一座，既无缘遍观，则不过著眼于"可意"者，于"他人见不到处"得其一二，也算是小小的心得。

玉虫一事，二十多年前遇安师授课时即曾详细讲述，后来我写就《"宝粟钿金虫"》一文，收入《中国古代金银首饰》。因与正仓院相关，今遂放在这里作为附录。此文草成之际，适有大洋彼岸之旅，于是将大意口述居停主人李旻教授以求教。李君闻得金虫在宋人笔记中叫作吉丁虫，因道：吉丁二字在中文中一点意思也没有，应是来自外商，随即启动"e考证"，很快得出结论，吉丁的语源是希腊语，有覆盖义、甲义。吉丁虫就是甲虫的意思。以玉虫或曰金虫作为装饰的风气应是来自东南亚，直到现在这一传统也没有中断。附带查到：二〇〇二年，比利时皇后邀请当代艺术家Jan Fabre装饰布鲁塞尔王宫中镜殿的天顶和吊灯，他从参观自然博物馆时见到的玉虫得到灵感，二十九位艺术家用了一百四十万泰国玉虫翅膀镶嵌出一幅金光灿烂的壁画，名为"欢乐之天"。他派人在东南亚餐馆里收集人们以玉虫为食后弃置的翅膀，"与欧洲人吃海虹丢弃的壳一样"。我因此也受到启发，遂委托李君代觅玉虫翅膀若干，倩设计师张凡设计制作了一枚银镀金镶玉虫坠饰，但见金翠映发，清丽芊眠。"与古为友"，此之谓欤。

庚子大雪

后记二

小书《与正仓院的七次约会》于两年前问世，如今出版社准备再版了。能够借此机会修订讹误，自是万分高兴。坤峰贤友提议将与七次观展相关的日记补入，起先是很犹豫的。首先，我并不"知日"，参观博物馆以及买旧书之余，虽也走了若干名胜，然而只是走过而已，再没有用心去追索其详，从一些介绍中了解到的点滴，亦不知确切与否，因此这部分日记与我的其他日记相同，不过是食住行的流水帐，目的只在于备忘。第二，由于上述原因，这部分日记是很"原生态"的，草草记下旅痕，录所购图书的书名也很随意。而如果修整打磨一番，倒显得很刻意而未免失真。坤峰阅过之后，却很认可这样的"原生态"，于是决定附在书末，或可视作正仓院观展记的几段旁白。若有冗余之嫌，那么我只能在此深致歉意了。

癸卯十月半

图书在版编目(CIP)数据

正仓院里的唐故事 / 扬之水著. —— 上海：上海书画出版社, 2024.5
ISBN 978-7-5479-3341-1

Ⅰ.①正… Ⅱ.①扬… Ⅲ.①日记—作品集—中国—当代
Ⅳ.①I267.5

中国国家版本馆CIP数据核字（2024）第067600号

正仓院里的唐故事

扬之水　著

责任编辑	黄醒佳　黄坤峰
审　　读	王　剑
整体设计	王媚设计工作室
技术编辑	包赛明
出版发行	上海世纪出版集团 上海书画出版社
地　　址	上海市闵行区号景路159弄A座4楼
邮政编码	201101
网　　址	www.shshuhua.com
E-mail	shuhua@shshuhua.com
印　　刷	浙江海虹彩色印务有限公司
经　　销	各地新华书店
开　　本	889×1194　1/32
印　　张	8.25
版　　次	2024年5月第1版　2024年5月第1次印刷
书　　号	ISBN 978-7-5479-3341-1
定　　价	98.00元

若有印刷、装订质量问题，请与承印厂联系